GRIMALKIN

TOME II

**GRIMALKIN
TOME II
LE TRÉSOR DES TEMPLIERS**

Par RIMIQUEN

© 2020 RIMIQUEN

Édition : BoD – Books on Demand

12/14 rond-point des Champs-Élysées, 75008 Paris

Impression : BoD – Books on Demand,

Norderstedt, Allemagne

ISBN : 9782322192854

Dépôt légal : Janvier 2020

Je tenais à vous remercier de votre fidélité, de vos encouragements. C'est grâce à vous si ce tome II a vu le jour. Un grand merci également à Monsef et à mon jeune voisin qui m'ont aidée pour une traduction. Mon fils Richard a créé la couverture de ce roman, il m'aide fidèlement pour la mise en page, c'est plus qu'un merci que je lui dois, je lui suis tellement reconnaissante pour son dévouement et sa gentillesse ainsi que sa très grande patience.

Merci à tous.

CHAPITRE I

Zoé admira le Mas qui se dressait fièrement au bout de l'allée, le ciel d'un bleu azur semblait lui servir d'écrin. Son cœur se mit à battre plus fort, elle poussa un énorme soupir, heureuse de revenir à la maison. Elle fronça son petit nez, c'est vrai que Nanny, ainsi que tous ses amis et ce filou de GRIMA étaient sa famille de cœur. Le Mas était son foyer.

Elle avait passé les fêtes de Noël auprès de son père, faisant ainsi la connaissance de son petit frère Josh qui venait de naître. Pour la première fois, elle s'était sentie apaisée en harmonie avec eux, aucun regret, aucune amertume.

Pour le réveillon du jour de l'an avec sa mère, elle avait eu la même sensation, Zoé était enfin épanouie, complète, ce vide qui l'habitait en permanence avait enfin disparu. Elle acceptait mieux le fait que ses parents refassent leur vie, car après tout, elle aussi aujourd'hui menait sa propre existence.

Zoé avait compris qu'on pouvait toujours aimer les gens, tout en donnant à sa vie une nouvelle direction. Elle ne refermait pas un chapitre, elle en ouvrait simplement un autre, son histoire continuait. Bien sûr, elle avait volontairement omis ses aventures avec GRIMA, ils n'auraient pas compris et elle ne voulait surtout pas les inquiéter.

Elle venait juste de se garer, quand elle entendit un brouhaha joyeux venant de la maison. La porte s'ouvrit en grand et tous ses amis apparurent sur le perron, elle ne put s'empêcher de sourire. Zoé n'eut même pas le temps de sortir de sa voiture, qu'ils arrivèrent pour la saluer avec empressement.

- Ah ! Te voilà enfin ! S'écria Nanny en tapant le sol avec sa canne.

Zoé se précipita dans ses bras et l'embrassa tendrement, son doux parfum floral enivra ses sens. Oui, elle était bien de retour chez elle, Nanny était un peu la grand-mère qu'elle n'avait jamais eue.

- Comme je suis contente d'être de retour à la maison, mais où est ce coquin de GRIMA ? Demanda-t-elle en tournant la tête de tous les côtés.

- Si tu savais à quel point tu lui as manqué, il en avait perdu l'appétit. Cependant, depuis hier, je le trouve étrange, il est agité, impatient. Où te caches-tu, Le GRIMALKIN ? S'écria plus fort Nanny.

Un miaulement se fit entendre, puis deux yeux d'un vert perçant la fixèrent intensément. Zoé se baissa, tendant les mains vers son ami, qui se précipita en se frottant contre ses jambes. Elle s'empressa de le prendre dans ses bras en le câlinant.

- Oh ! Enfin te voilà petit voyou, je suis tellement heureuse de te revoir.

Elle se releva et regarda sa famille de cœur.

- Vous m'avez tous manqué. Je veux que vous me racontiez tout ce que j'ai raté depuis mon départ. Au fait Amir, je croyais, dit-elle en se tournant vers lui, que tu ne devais rentrer que demain ?

Amir eut un doux sourire, puis éclata de rire.

- Je n'avais qu'une hâte, revenir ici, répondit-il joyeusement.

- Bon ! Alors qu'est-ce que vous attendez pour rentrer ? Il fait un froid de canard dehors, précisa Nanny en tapant de nouveau le sol avec sa canne.

Ils se précipitèrent tous dans le salon, pour se mettre devant la cheminée qui répandait une douce chaleur.

Nanny s'installa dans son fauteuil favori, regardant tout son petit monde, heureuse de les retrouver, ses yeux brillaient de bonheur. Un chat blanc sauta sur ses genoux, qu'elle caressa machinalement.

Marie, après avoir embrassé Zoé sur les joues, déposa devant eux sur une table basse tout un assortiment de gâteaux. Zoé qui n'avait pas eu le temps de manger entendit son estomac crier famine, ce qui fit rire tous ses amis.

- Oh ! Je suis désolée, je meurs littéralement de faim, alors dites-moi tout, insista-t-elle en mettant sa main sur la cuisse de Sophie qui venait de prendre place à ses côtés.

Chacun commença à décrire ses vacances. Les parents de Nicolas étaient venus de Paris pour passer le réveillon au Mas avec Nanny, Sophie et sa famille. Mathieu avait invité Marc à passer les fêtes chez lui et Amir en avait profité pour rejoindre son père et son frère, ravi de retrouver les siens.

GRIMA sauta sur les genoux de Zoé et se mit à ronronner, elle se pencha pour enfouir son visage dans sa douce fourrure.

- Oh ! Toi qu'est-ce que tu m'as manqué, dit-elle en le caressant tendrement. Au fait comment vont Céline et Éric ?

- Je crois qu'ils arrivent, intervint Mathieu en tournant la tête vers la fenêtre.

- Oh ! Génial, ainsi la bande est vraiment au complet, s'extasia Zoé.

- Nous avions tous hâte de nous retrouver, précisa gentiment Nanny, je crois que nous avons pris goût à l'aventure, et quelque chose me dit que GRIMA nous réserve une surprise.

- Ah bon ! s'écria joyeusement Zoé, mais pourquoi dites-vous cela ?

- Hum ! Une impression, son agitation, son comportement étrange. Je me trompe peut-être, mais cela m'étonnerait.

Marie venait d'ouvrir la porte, et Céline apparut encore plus ronde qu'avant son départ, Éric la suivait avec un grand sourire sur le visage.

- Waouh ! Céline, s'écria joyeusement Zoé, tu es… magnifique.

Celle-ci grogna en faisant une grimace.

- Dis plutôt que je ressemble à une énorme montgolfière. Si le mistral se lève j'ai intérêt à m'accrocher pour ne pas m'envoler.

Ils pouffèrent tous de rire, en imaginant la scène.

- Mais non chérie, la rassura Éric, tu es sublime ainsi.

- Pour quand déjà le grand évènement ? Demanda Amir en l'aidant à s'installer confortablement dans un fauteuil aux côtés de Nanny.

- Normalement pour le quatorze Février, soupira Céline en passant doucement sa main sur son ventre proéminent.

- Eh bien ! On voit que vous êtes prof de maths, répliqua Mathieu en souriant gentiment. Vous avez bien calculé votre coup, juste pour la Saint-Valentin.

Tout le monde éclata de rire. Zoé regarda ses amis avec tendresse, elle était tellement heureuse d'être de retour à la maison. La soirée se déroula doucement, entre les rires et les souvenirs, partageant tout simplement le plaisir d'être ensemble. À la fin du repas, ils échangèrent leurs cadeaux, un troisième réveillon en quelque sorte, la date n'avait aucune importance, c'était leur moment à eux.

Après la soirée Nicolas et Sophie la raccompagnèrent à son studio, GRIMA trottinait à leurs côtés. Sophie s'approcha plus près et la prit par les épaules.

- Zoé si tu savais comme j'avais hâte que tu reviennes. Je n'étais entourée que de garçons, dit-elle en roulant les yeux, faisant pouffer de rire Nicolas.

- Moi aussi je suis heureuse d'être ici, c'est ma maison, mon foyer, tout ça grâce à vous, affirma-t-elle en les regardant tendrement.

Nicolas déposa ses valises devant son entrée, puis s'éloigna avec Sophie dans la nuit froide. Zoé poussa un énorme soupir, elle avait l'impression d'être partie depuis un siècle. Elle grimaça en se faisant cette réflexion, c'est vrai que depuis que GRIMA était entré dans sa vie, le temps semblait se confondre, un mois, un an, un siècle, cela avait-il vraiment de l'importance ? Puis, elle fronça les sourcils en se tournant vers lui.

- Au fait, Nanny m'a dit que tu étais pressé de me revoir, aurais-tu déjà une nouvelle aventure pour nous ?

GRIMA se mit à miauler plus fortement et sauta sur le plan de travail en mettant une patte dans sa gamelle.

- Eh ! Petit gourmand tu as déjà mangé chez Nanny. J'ai bien vu que tu vidais la gamelle de ses chats. Regarde ! Dit-elle en mettant son index sur son ventre, j'ai l'impression que tu n'as pas autant dépéri que le pensait Nanny. Il va falloir te mettre au régime, comme moi d'ailleurs. Ah ! Les fêtes, tous ces chocolats sont tellement tentants, murmura-t-elle en souriant.

GRIMA la regarda fixement comme si elle avait proféré une injure ce qui la fit rire. Ce chat comprenait tout. Zoé se tourna alors vers sa valise en poussant un énorme soupir.

- Tu sais quoi ! Je vais tout laisser pour demain, je n'ai vraiment pas envie de défaire mes bagages maintenant. Dis-donc GRIMA ce ne serait pas dans tes talents la magie ? Tu pourrais tout remettre en place, ce serait génial.

Celui-ci d'un air hautain la regarda un long moment, avant de se diriger d'une allure nonchalante, la queue bien droite vers la chambre. Zoé se prépara pour la nuit et se glissa avec un grand plaisir sous sa couette, dehors elle entendait le vent souffler, GRIMA vint immédiatement se lover contre elle en ronronnant tendrement. Elle le caressa en lui parlant doucement, lui décrivant ses vacances, ses joies, ses espoirs, puis, elle pouffa de rire.

-Je me demande bien pourquoi je te raconte tout ça ? J'ai l'impression que tu sais exactement tout de ma vie, mon passé, mon présent et… mon futur. Grâce à toi, j'ai grandi, compris bien des choses, la maturité peut-être, ou bien le fait d'agrandir mon horizon, cela me fait voir le monde autrement.

GRIMA se redressa, vint s'allonger sur sa poitrine, elle pouvait entendre les battements forts de son cœur contre le sien. Tout en continuant à lui parler doucement, elle le caressa posant sa main contre sa tête, celui-ci s'appuya un peu plus, accentuant le contact, puis il se mit à ronronner de nouveau. Zoé ressentit un bien-être immédiat, ses tensions se diluaient dans l'air comme par magie, son corps lâchait prise, elle savait que GRIMA ressentait la même chose, car il se détendit d'un coup. Elle se tut, écoutant le bruit du ronronnement emplissant la pièce, c'était un moment de connexion avec GRIMA, un pur moment de bonheur. Ils semblaient si proches l'un de l'autre, se comprenant si bien, Nanny avait parlé au moment de leur rencontre, de binôme pour décrire leur relation, mais Zoé préférait y voir un lien fusionnel entre eux.

Au bout de quelques minutes, la fatigue la rattrapa, elle bailla et plongea presque aussitôt dans un sommeil profond.

Zoé vit un regard vert hypnotisant se rapprocher de plus en plus, puis elle perçut un bruit derrière elle, se retournant brusquement, elle assista à une scène étrange. Un homme avançait dans sa dirction, il était grand, vêtu entièrement de noir, elle le reconnut immédiatement, c'était NOSTRADAMUS. Il parlait à deux individus, on aurait dit des moines. Ceux-ci semblaient agités, affolés, ils montraient autour d'eux les dégâts.

Elle retint un cri, en apercevant un corps gisant au sol, entouré d'objets brisés, renversés. Un grand fracas se fit entendre, et l'un des moines s'en alla en hurlant, l'autre posa sa main sur le bras de NOSTRADAMUS, l'attirant dans une pièce plus petite. Il se dirigea vers une sculpture représentant une vierge qu'il fit pivoter doucement. Zoé voulut s'approcher mais elle semblait figée, incapable de se déplacer, témoin muet de la scène.

Le moine sortit d'une cachette, une petite boîte sculptée qu'il remit à NOSTRADAMUS, elle l'entendit pousser un cri de stupéfaction en faisant courir ses doigts sur les gravures. Il voulut la rendre au moine, mais celui-ci le conjura de la prendre, la rendant responsable de tout ce massacre. En entendant des pas précipités dans la pièce d'à côté, NOSTRADAMUS s'empressa de la dissimuler dans son manteau.

Un brouillard emplit la pièce, Zoé voulut crier mais tout à coup, elle se retrouva dans un nouvel endroit. Il faisait très sombre, il y avait juste une petite fenêtre apportant un halo de lumière, une chandelle était posée sur un bureau, étrangement ces lieux lui parurent familiers, mais impossible de s'en souvenir.

NOSTRADAMUS se tenait devant la fenêtre semblant réfléchir intensément. Il se dirigea alors vers un bureau, prit un parchemin et commença à écrire d'une main déterminée une seule phrase. Il reposa sa plume et resta un long moment immobile perdu dans ses pensées. Tout à coup, il se redressa sur sa chaise, plia le document en deux, puis le découpa méticuleusement, il mit de côté la première moitié, puis reprit le second morceau qu'il découpa de nouveau en deux parties égales. Zoé était stupéfaite, pourquoi agir ainsi ?

Au même moment on toqua à la porte, NOSTRADAMUS invita les personnes à entrer. Elle vit d'abord une femme très belle, encore jeune, sûrement son épouse, elle était suivie d'un homme d'un certain âge, petit et rondouillard, qui le salua chaleureusement. La dernière personne ressemblait étrangement à NOSTRADAMUS aussi grand, les mêmes traits. Après quelques échanges il prit les extraits de sa lettre, donna la moitié au petit homme rondouillard, les autres parties de la missive furent remises à son épouse et à cet inconnu, sûrement un membre de sa famille.

Lorsque les trois personnes repartirent, NOSTRADAMUS resta un long moment silencieux, il se tourna alors vers Zoé, ce qui la mit très mal à l'aise, la voyait-il ? Elle dut humecter ses lèvres devenues subitement sèches. Il semblait l'observer avec attention, puis leva les yeux vers un angle de la pièce, son regard allant de Zoé à cet endroit avec insistance. Mais elle ne put tourner la tête, tétanisée par la peur, sa respiration se fit courte et hachée. Qu'attendait-il d'elle ?

Il se leva et s'approcha si près, qu'elle sentit son souffle sur son visage, elle resta figée, tremblante. Il plissa les yeux, mit son index sur ses lèvres, comme pour lui intimer le silence.

- *Patientia*, murmura-t-il.

Zoé ouvrit la bouche stupéfaite. Le bruit d'un volet qui claqua brusquement la réveilla, elle tendit les mains en avant comme pour retenir ce rêve qui semblait se diluer dans un brouillard. GRIMA assis à ses côtés la fixa intensément.

Elle mit une main sur son cœur qui battait follement et l'autre sur la tête de GRIMA.

- C'était quoi tout ça ? Demanda-t-elle en le regardant. Une nouvelle aventure ? Ou un simple cauchemar ? Mais, murmura-t-elle en fronçant les sourcils, cela semblait si réel, on aurait dit qu'il me voyait, c'était bizarre.

GRIMA vint se lover tout contre elle, comme pour la rassurer. Zoé eut beaucoup de mal à se rendormir, hantée par ce rêve. Qu'attendait-il d'elle cette fois-ci ?

Le lendemain matin, elle s'empressa d'en informer au petit-déjeuner Nanny et Nicolas. Même la brave Marie écouta le récit en mettant la main sur sa poitrine, fascinée par ce nouveau mystère.

Nanny fronça les sourcils, en tapotant du bout des doigts la table.

- Étrange ! Je pensais bien que Le GRIMALKIN voulait te confier un secret, il semblait si agité, mais je n'arrive pas à déchiffrer la mission. Appelons tout le groupe, comme demain vous reprenez les cours, nous n'avons pas une minute à perdre.

Ils arrivèrent tous très rapidement, une nouvelle frénésie régnait au Mas. Céline se réinstalla dans son fauteuil comme la veille, aux côtés de Nanny. Marie leur servit un copieux petit-déjeuner qu'ils savourèrent avec délice. Zoé se tenait debout devant eux, racontant une nouvelle fois cet étrange rêve. GRIMA allongé devant la cheminée ne la quittait pas des yeux, semblant écouter lui aussi avec beaucoup d'attention.

Marc tapa joyeusement dans ses mains.

- Alors on doit chercher quoi cette fois-ci ?

Sophie soupira bruyamment.

- Ne me dis pas qu'il s'agit encore d'un vieux bout de papier, bougonna-t-elle.

- Hum ! J'ai l'impression que c'est un trésor que nous devrons découvrir, déclara avec un grand sourire Mathieu.

- Un trésor ! S'exclamèrent-ils en chœur.

- Oui ! Pourquoi pas, NOSTRADAMUS a dit que nous devions nous entraîner avec le passé, mais je n'ai pas bien compris pourquoi d'ailleurs ? Rétorqua-t-il en fronçant les sourcils.

Nanny se leva à son tour pour prendre la parole.

- Oh ! À ce sujet nous avons une théorie avec Éric, n'est-ce pas ?

Leur professeur se leva à son tour, se saisissant d'une petite cuillère.

- Oui, nous avons réfléchi aux recommandations de NOSTRADAMUS, et nous en sommes arrivés à la conclusion suivante. Prenez tous la petite cuillère que vous avez devant vos assiettes. Tendez-là devant vous sans bouger la tête. Que percevez-vous ?

- La part de gâteau que je ne peux pas manger, murmura Marc en gémissant de désespoir.

Ils se mirent tous à rire.

- Non ! Regardez mieux, insista Éric leur professeur. Vous pouvez voir tous les détails de la cuillère, imaginons que ce soit le présent, l'image est nette et précise. Maintenant supposons que ce qui se trouve sur votre gauche représente le passé et que tout ce qui est sur votre droite symbolise le futur. Sans bouger la tête ni votre regard, faites pivoter votre bras vers la gauche, plus vous l'éloignez, plus l'image perd en netteté, en précision, cela sera pareil avec la droite. Donc on peut logiquement en conclure que les faits du présent sont nets, on l'a vu avec l'histoire de la mèche de cheveux de Napoléon que vous avez retrouvée, ainsi que pour l'affaire du scooter de Mathieu. Par contre, plus le temps est éloigné du présent, plus nous perdons en précision.

Nanny tapa du sol avec sa canne.

- Voilà pourquoi NOSTRADAMUS disait qu'il était important de s'entraîner avec des faits du passé. Si vous arrivez à les déchiffrer correctement, vous décrypterez le futur avec exactitude. N'oubliez pas que c'est notre mission, notre objectif final.

Nicolas fronça les sourcils en regardant sa grand-mère.

- Oui, mais nous ne pouvons pas savoir de quoi il s'agit ? Nous n'avons pas assez d'éléments.

- Pas encore, le coupa Nanny. La dernière fois aussi il avait fallu plusieurs rêves pour avoir l'énigme complète. Il l'a dit lui-même, *Patientia*.

Zoé se mordillait les lèvres, en réfléchissant.

- Ce qui m'a troublée, c'est qu'on aurait dit qu'il savait que j'étais là. Je ne pouvais pas bouger, c'est bizarre non ?

- Hum ! Pas tant que ça, répliqua Nanny. NOSTRADAMUS voulait te former lui-même. À mon avis c'est ce qu'il fait. Il te met sur la piste des indices. Peut-être même, a-t-il suivi cette enquête, grâce au GRIMALKIN.

Ils se retournèrent tous subitement, semblant chercher le fantôme de NOSTRADAMUS autour d'eux.

Sophie pouffa de rire.

- C'est flippant j'ai l'impression d'être observée. Bon ! On fait quoi alors maintenant ? En plus c'est quoi ces moines ? Quel rapport avec lui ?

Nanny se tourna vers Céline en plissant les yeux.

- Tu viens de lire sa vie complète, cela ne te rappelle rien ? Il me semble avoir lu il y a bien longtemps, une histoire de ce genre. Je suis désolée, mais ce sont plutôt les prémonitions que nous étudions, pas sa biographie.

Céline ouvrit la bouche en regardant son mari.

- Oui peut-être, mais je n'y ai pas prêté attention, cela n'avait à priori aucun intérêt.

- Rectificatif, précisa Nanny en pointant son index vers elle. Cela en a peut-être beaucoup plus qu'on ne le croyait. Nous allons déjà creuser de ce côté-là. Enfin plutôt *VOUS* allez creuser de ce côté-là, dit-elle en regardant Zoé et ses amis.

Mathieu poussa alors un soupir à fendre l'âme.

- Cela aurait été bien volontiers, mais notre prof de maths nous a prévu un super contrôle à la rentrée, geignit-il d'un air implorant en regardant Éric.

- Pas la peine de pleurer ta misère Mathieu, dit-il pince sans rire. Tu as eu toutes les vacances pour réviser.

- *Msieur*, implora de nouveau Mathieu.

Les autres pouffèrent de rire en le regardant faire.

- Vous êtes doués, alors agitez vos petits neurones, et les maths permettent d'ouvrir l'esprit, reprit Éric.

- Qui a dit ça ? Demanda Marc en le regardant d'un air dubitatif.

- C'est ma conviction personnelle, il suffit de voir comme vous êtes performants, alors bougez-vous ! Dit-il en leur faisant un clin d'œil.

- De toute façon, insista Nanny nous devons attendre d'avoir le rêve complet pour ne rien omettre cette fois-ci, murmura-t-elle en montrant sa canne.

- J'ai hâte de m'y mettre. Cette nouvelle énigme semble bien mystérieuse précisa Amir en se frottant les mains de bonheur. Je me demande quelle sera notre mission ? Et qu'a-t-il écrit dans ce fameux parchemin ?

- C'est vrai ça ! S'écria Nicolas. C'est quoi cette lettre ? Pourquoi l'avoir découpée en trois morceaux ?

- Hum ! Répliqua Nanny, j'ai l'impression qu'il voulait dissimuler un secret. Sinon pourquoi procéder ainsi ? Un lieu mystérieux peut-être ? En tout cas il ne voulait surtout pas le révéler. Mais que cachait-il ?

Peu importe ce secret, on le trouvera, pensa Zoé. GRIMA venait de la rejoindre, machinalement elle se baissa pour le caresser.

- Qu'as-tu prévu petit cachottier, tu dois bien le savoir toi ? Mais, dit-elle en se redressant pour regarder ses amis, le principal c'est qu'une fois de plus nous agirons tous ensemble, trésor ou parchemin, quelle importance ! Nous avons une nouvelle aventure, remarqua-t-elle les yeux pétillants de malice.

CHAPITRE II

Le lendemain matin tous ses amis l'attendaient devant l'université.

- Alors demanda Amir, tu as encore fait un rêve ?

Zoé secoua ses jolies boucles, voir les visages remplis d'espoir de ses amis la fit rire.

- Non ! Et tant mieux. Je n'aurais pas aimé avoir encore une nuit blanche, vu le contrôle qui nous attend. Je vais avoir besoin de tous mes petits neurones comme dirait Éric, répondit-elle en faisant un clin d'œil.

Leur professeur qui venait d'arriver, s'approcha d'eux en souriant.

- Alors, du nouveau ?

Devant les mines dépitées du groupe, il tapa dans le dos de Mathieu pour leur remonter le moral.

- Bah ! Cela ne saurait tarder. Maintenant on y va, votre contrôle vous attend. Ce n'est pas la peine de soupirer Mathieu, en plus cette année, tes notes sont excellentes, dit-il en lui souriant gentiment.

La matinée passa rapidement. Zoé sortit épuisée mais heureuse de cet examen comme ses amis. Éric les rejoignit.

- Allez ne faites pas cette tête, c'est terminé. Au fait, Céline devait relire la vie de NOSTRADAMUS pour retrouver cette histoire de moines, si elle trouve quelque chose je vous le dirais, précisa-t-il en s'éloignant.

Marc poussa un soupir à fendre l'âme.

- Ouf ! Ce contrôle est passé, c'est dur de se remettre dans le bain, après toutes ces fêtes. J'ai toujours l'impression que ce ne sont pas des vacances car je me sens encore plus fatigué après.

Ils pouffèrent tous de rire. Le reste de la journée passa plus doucement, mais au moment de partir, Éric les rattrapa sur le parking.

- Céline a trouvé une histoire intéressante. Il semblerait que NOSTRADAMUS avait été convoqué à l'église d'Orange pour enquêter sur un massacre, c'est peut-être ça ?

- Un massacre ? S'écria Nicolas.

- Mais pourquoi avoir fait appel à NOSTRADAMUS ? Répliqua Sophie en plissant les yeux.

- C'est vrai ça, il n'était pas enquêteur. Quel rapport avec lui ? Demanda Amir.

Éric secoua la tête.

- Je n'en sais rien. Venez à la maison, Céline nous expliquera ce qu'elle a découvert. Nous verrons bien si cela peut faire avancer notre énigme.

Ils se retrouvèrent donc tous chez Céline et Éric, cette dernière commença son récit, sous leurs regards impatients.

- Oui, NOSTRADAMUS fut appelé auprès des chanoines d'Orange suite à un massacre qui eut lieu dans leur église. Elle fronça les sourcils en grimaçant, le problème c'est que nous avons très peu d'informations. N'oublions pas que cette période de notre histoire correspond aux guerres de religion. Il est possible que cela soit en rapport, mais pourquoi l'avoir mandé ? Cela je ne le sais pas. Vous croyez que cela peut vous aider ? Demanda-t-elle en se mordillant les lèvres. J'ai un peu honte en tant que prof d'histoire, de ne pas en savoir plus sur lui, comme je regrette cette lacune.

Zoé mit sa main sur la sienne.

- Eh ! C'est déjà énorme, maintenant nous avons une situation géographique, cela concerne donc la ville d'Orange, c'est déjà un grand pas, merci Céline.

- Je suis d'accord avec Zoé, confirma Sophie en regardant Céline gentiment. Sans vous nous ne saurions où chercher. Nous avons au contraire bien avancé, car le rêve n'est pas encore complet que nous savons déjà que cela concerne cet endroit. Quel rapport avec NOSTRADAMUS ? Cela reste encore un mystère, mais nous le saurons, j'en suis certaine. Zoé est la meilleure, elle est son héritière, donc aucun souci à avoir, nous réussirons, dit-elle en hochant la tête avec conviction.

Zoé fut émue de voir la confiance de ses amis.

- Oui, héritière peut-être, mais sans vous je n'arriverais à rien, vous êtes ma force mes piliers. C'est ensemble que nous gagnons et j'en ai bien conscience. Nous sommes une équipe, une sacrée équipe, conclut-elle en les regardant tous un par un. Alors grand merci Céline, c'est une piste importante.

Celle-ci rosit en mettant la main sur son ventre proéminent.

- Je suis contente d'avoir été utile. J'ai parfois l'impression que ce bébé me pompe toute mon énergie et mes petites cellules grises.

Éric s'approcha doucement de son épouse et déposa un tendre baiser sur sa tempe.

- Tu es toujours la meilleure, la preuve, regarde ! Tu viens de donner une nouvelle impulsion à notre énigme. De toute façon, moi je t'aime comme tu es, dit-il en caressant sa joue.

- C'est vrai ça, répliqua Mathieu, nous aussi on vous aime Céline.

Devant le regard étonné et gentiment moqueur d'Éric posé sur lui, il se mit à rougir et précisa en bégayant.

- Euh ! Je ne… Je ne voulais pas dire comme Éric, mais vous êtes un peu comme une grande sœur. Voilà c'est ça ! Une grande sœur.

Devant son embarras évident, ils éclatèrent tous de rire.

- Au fait, reprit Marc en fronçant les sourcils, c'est quoi exactement un chanoine ?

- C'est un membre du clergé. Les chanoines vivent en communauté mais ne sont pas obligés d'être prêtres. Ce sont parfois des membres du personnel laïc des églises, précisa Céline.

- Bon ! On va vous laisser tranquille, merci encore Céline et Éric précisa Marc en entraînant toute la petite troupe dehors.

- C'est génial on a enfin une piste, murmura Nicolas, mais je suis intrigué pourquoi avoir fait appel à NOSTRADAMUS ? Nous savons maintenant d'où vient cette étrange petite boîte, mais nous ne connaissons pas son contenu.

- Pas encore, mon chéri, le coupa Sophie, pas encore. Mais je reste persuadée que nous avançons dans la bonne direction. Ce n'est plus qu'une question de temps. En plus Zoé n'a pas le rêve complet, nous aurons peut-être de nouveaux indices.

Tous regardèrent Zoé avec insistance.

- Eh ! J'y suis pour rien, cela vient quand GRIMA le désire. Sophie vient de le dire il faut du temps. Je suis désolée, je ne suis pas équipée de la fibre optique pour mes messages venant du moyen âge, je n'ai pas la 4G moi !

Tous éclatèrent de rire.

Ils s'empressèrent de raconter leur découverte à Nanny le soir au repas, et comme d'habitude cette chère Marie resta pour écouter. Lorsqu'elle se retira dans la cuisine. Nicolas se pencha vers sa grand-mère.

- J'ai l'impression, que nous avons une fan de plus, dit-il en souriant gentiment.

- De qui parles-tu ? Oh ! De Marie, oui elle est fascinée par vos aventures. D'ailleurs elle ne le sait pas encore, mais je vais la proposer comme membre pour notre ordre, elle est si loyale et fidèle, une véritable amie. Donc, reprit-elle avec sérieux, notre enquête nous mène vers Orange, c'est étonnant quand même. Cependant maintenant qu'on en parle, des bribes de cette histoire me reviennent. Cela m'avait aussi étonnée à l'époque, car c'était bien la première et unique fois je crois, qu'on faisait appel à lui pour enquêter. En plus sur un massacre d'une telle ampleur, car il y a eu beaucoup de victimes, si ma mémoire est bonne.

- Ah bon ! S'écria surprise Zoé qui poussa un long soupir. Encore un mystère ! Cet homme est vraiment fascinant. Qu'allons-nous découvrir ? J'ai hâte de savoir ce que renfermait cette étrange petite boîte.

Ce soir-là dans son lit, Zoé réfléchissait à ce que leur avait dit Céline, essayant de comprendre les faits. Tout à coup, GRIMA sauta à ses côtés en émettant un faible miaulement, elle le regarda avec tendresse, en croisant les bras sur sa poitrine.

- Dis donc GRIMA, si tu veux qu'on trouve cette énigme, il va falloir nous fournir un peu plus de renseignements. Je ne comprends pas le rapport entre les chanoines et NOSTRADAMUS ? Pourquoi lui avoir confié cette enquête ? Et cette lettre, tu ne pourrais pas me montrer son contenu ?

GRIMA s'approcha doucement, comme pour l'apaiser, il la fixa intensément de son beau regard vert, puis il tendit le cou pour lui lécher le menton avec application.

- Beurk ! Quelle manie tu as. Quand je pense qu'il y a quelques mois je détestais les chats. Aujourd'hui, murmura-t-elle en caressant sa tête, je ne pourrais plus me passer de toi.

Elle mit sa paume contre sa joue, et GRIMA s'y frotta doucement en ronronnant.

- Tu as bien raison dans le fond, on avance c'est tout ce qui compte. Un pas après l'autre. Tu fais de ton mieux comme nous tous. Cela ne doit pas être évident pour toi de me transmettre toutes ces images. Tout comme moi, tu n'es pas équipé de la 4G, gloussa-t-elle en le gratouillant derrière l'oreille.

Elle s'allongea et tendit les bras pour que GRIMA puisse venir se lover tout contre elle. Le sommeil fut long à venir, trop de questions hantaient son esprit. Mais un regard vert perçant capta son attention.

Un brouillard sembla se dissoudre dans l'air. Zoé regarda autour d'elle, c'était la même pièce que la dernière fois. La petite boîte était ouverte sur un bureau, et NOSTRADAMUS y prit un objet qui ressemblait à une clé. Zoé fronça les sourcils essayant de retenir tous les détails. Elle entendit du bruit et reporta son attention sur lui. Il venait de remettre l'objet dans sa boîte, elle essaya d'observer les gravures la recouvrant, mais il mit sa main dessus en se retournant vers elle.

- *Secreta tuetur corvum* murmura-t-il dans sa direction.

Zoé émit un petit son, bloquant l'air dans ses poumons, elle était paniquée. À chaque fois cela la mettait mal à l'aise d'imaginer qu'il était conscient de sa présence. Il tendit la main comme pour lui montrer quelque chose, mais un brouillard dilua l'image dans l'air.

Elle frissonna de peur et de froid, la brume se dissipait de nouveau, mais où se trouvait-elle ? À priori sur le bord d'un sentier en pleine nuit. Le cœur battant, elle tourna la tête en entendant des pas, des murmures. En voyant surgir des hommes, juste devant elle, instinctivement elle fit un pas de côté pour les éviter. Zoé eut juste le temps d'apercevoir leurs amures et leurs grandes capes, les épées luisaient sous le rayon de lune. Certains portaient des tonneaux et ployaient sous la charge, l'un d'eux tomba, trois hommes se précipitèrent pour le relever, puis ils continuèrent à descendre le chemin.

Mais que se passait-il ? Zoé regarda autour d'elle, et perçut grâce à la pleine lune une immense maison située en haut d'une colline. Cette construction était d'un style plutôt austère. C'était sûrement de là, qu'ils venaient. Elle voulut les suivre, mais fut happée de nouveau par un épais brouillard. Elle se réveilla en sueur dans son lit, GRIMA la fixait avec attention.

- Waouh ! Pff ! Je n'ai rien compris, qui sont ces hommes GRIMA ? Ah ! Il faut vite que je marque la phrase avant de l'oublier, dit-elle se levant précipitamment. Tu ne pourrais pas lui demander de me parler en français ? Ce serait quand même plus simple, bougonna-t-elle en se retournant vers lui.

Le lendemain matin au petit-déjeuner Zoé posa devant Nanny et Nicolas la phrase qu'elle avait notée.

- C'est quoi ça ? Demanda Nicolas en observant le morceau de papier.

- C'est du latin voyons ! Il est écrit « *Le corbeau protège le secret* ».

- Quel corbeau ? Intervint Nicolas, intrigué comme Zoé par cette phrase.

- En plus d'un chat, il avait un corbeau ? Rétorqua Zoé.

- Non, pas que je sache, murmura Nanny en fronçant les sourcils. Voyons la suite de ton rêve, on en apprendra peut-être un peu plus.

Celle-ci opina de la tête avec un grand sourire, et se mit à décrire exactement ses visions.

- Tu dis qu'ils ressemblaient à des soldats ? Insista Nanny.

- Oui, mais de quelle armée ? Interrogea Nicolas

- Eh ! Cela n'a duré qu'une fraction de secondes, en plus il faisait nuit. Je n'en sais rien moi ! Pourquoi vous croyez que cela a de l'importance ? S'exclama Zoé.

- Hum ! Je le pense, mais ce n'est pas grave, précisa Nanny en mettant sa main sur celle de Zoé, c'est déjà beaucoup. À nous de découvrir le lien entre ces hommes et NOSTRADAMUS, et pourquoi avoir vu cette scène ? De plus, nous savons qu'une clé existe quelque part, mais à quoi sert-elle ? Que doit-elle ouvrir ?

La sonnette de la porte se fit entendre, et cette brave Marie qui avait écouté leurs échanges se précipita pour ouvrir. C'était Mathieu qui débarqua dans la pièce, saluant rapidement Nanny et ses amis, semblant pressé de s'expliquer. Il saisit une chaise et un croissant et commença à parler, les yeux pétillants de malice.

- Vous ne devinerez jamais ! Quand j'ai raconté à ma mère nos découvertes concernant la ville d'Orange, elle m'a parlé d'un de ses clients, originaire de là-bas. Elle veut voir tout le groupe et vous aussi Nanny, il faudrait que l'on puisse passer à la pâtisserie. Comme nous sommes samedi, c'est parfait nous n'avons pas cours.

Nanny le regarda avec un grand sourire.

- Alors, allons-y Mathieu, et je suis heureuse de retrouver cette chère Martine, comment va-t-elle d'ailleurs ? Je ne l'ai pas revue depuis un bon moment, le temps passe si vite, soupira-t-elle doucement.

- Oh ! Elle va mieux, très bien même. Depuis la… il toussota pour se ressaisir. Depuis la mort de papa, nous avons eu des périodes difficiles, mais maintenant je la sens plus joyeuse et je pense que le fait de savoir que cette année je travaille bien, cela doit l'aider.

- C'est certain, insista Nanny en posant un doux regard sur lui. Tant mieux, ta maman est une gentille personne qui mérite une accalmie dans sa vie, et tu es un bon garçon Mathieu.

Celui-ci se mit à rougir si violemment, que Zoé et Nicolas pouffèrent de rire.

- Bon ! Alors, il faudrait prévenir les autres, qu'ils se rendent directement à la pâtisserie. Comme cela nous ne perdrons pas de temps, précisa Mathieu en les regardant.

- Super ! J'ai fait un autre rêve cette nuit, nous verrons si cela donne des idées à quelqu'un.

- Un autre rêve, lequel ? S'empressa Mathieu.

- Eh ! Petit curieux, je raconterai tout une fois là-bas. En plus, c'est la première fois que je vais rencontrer ta maman, Martine c'est ça ?

Il la regarda avec attention, et s'humecta les lèvres avant de parler.

- Oui, je… je lui ai beaucoup parlé de toi, elle avait hâte de te connaître, murmura-t-il d'un air gêné.

Zoé pencha la tête surprise. Il avait parlé d'elle à sa mère ? Pour dire quoi ? Oh ! Sûrement par rapport à leurs recherches.

En arrivant avec Nanny et Mathieu à la pâtisserie, Zoé reconnut immédiatement sa mère, aussi rousse que lui, ils avaient le même regard bleu, pétillant de gentillesse. C'était une très belle femme, d'une cinquantaine d'années. Elle les accueillit avec un grand sourire et les entraîna à l'arrière de la boutique, déléguant son travail à une de ses vendeuses. Zoé l'observa pendant qu'elle discutait avec Nanny, les deux femmes semblaient s'apprécier.

Tout le monde s'installa autour d'une immense table de chêne. Martine se tourna alors vers elle.

- Donc, voici la fameuse Zoé dont j'ai tant entendu parler.

- *Mman* ! Soupira Mathieu en rougissant de nouveau.

Martine se tourna brusquement vers son fils, avec un sourire en coin.

- Quoi ! Je n'ai rien dit. Quel mal y a-t-il à dire, que tu apprécies beaucoup Zoé, c'est la vérité non ? Dit-elle, en scrutant son fils.

Zoé et Mathieu se regardèrent aussi gênés, l'un que l'autre. Se pourrait-il que Mathieu soit le garçon de son rêve ? L'arrivée de Marc tenant un grand plateau chargé de petits gâteaux détourna l'attention.

- Tout le monde aime beaucoup Zoé, précisa Marc en le déposant devant eux. Cette fille est géniale ! Je lui dois beaucoup, insista-t-il en lui adressant un regard intense.

Zoé fronça les sourcils et flûte ! À chaque fois qu'elle croyait découvrir son amoureux mystérieux, les cartes se brouillaient. Ah ! GRIMA devait bien rire. Elle haussa les épaules, après tout, Mathieu ou Marc elle les aimait tous les deux. Oui, mais lequel un peu plus ? Pensa-t-elle en fronçant son petit nez.

- Coucou Marc, j'avais complétement oublié que tu travaillais ici le week-end, dit-elle en l'embrassant sur la joue.

- Oui, grâce à Mathieu, et Martine est une super patronne, précisa-t-il en lui faisant un clin d'œil.

- Alors nous allons goûter tes gâteaux ? Demanda Zoé en lorgnant avec envie sur le plateau.

- Oui, une préparation spéciale pour vous tous, affirma-t-il en regardant les nouveaux arrivants.

Zoé se retourna et découvrit sur le pas de la porte Amir, ainsi que Sophie et Nicolas, celui-ci ayant été la chercher. Céline et Éric se tenaient à leurs côtés. Une fois tout le monde installé, elle raconta de nouveau son rêve.

- Bon ! Alors maintenant des soldats, mais lesquels ? Demanda Amir en se frottant le menton.

- Hum ! Difficile à dire, des hommes du roi peut-être. Ce qui m'intrigue, c'est de comprendre ce qu'ils faisaient avec des tonneaux en pleine nuit ? Et cette maison où se trouve-t-elle ? Sans oublier la signification de cette clé. Nous devons découvrir ce qu'elle ouvre. Elle fait sûrement partie des objets contenus dans cette mystérieuse boîte, remise par les chanoines à NOSTRADAMUS. À quoi sert-elle ? Ce qui est surprenant aussi, c'est ce corbeau, quel rôle joue-t-il ? Demanda Céline en regardant Nanny.

- Tu vas te retrouver avec un animal supplémentaire ? Pouffa Sophie en regardant Zoé.

- J'espère bien que non ! Précisa Zoé en roulant des yeux de façon exagérée, ce qui fit rire tous ses amis. Par contre je me demande ce que NOSTRADAMUS a voulu dire ?

- Je n'en sais rien, répondit Nanny, mais je trouve que nous avons beaucoup d'informations. Zoé tu feras des cartes comme la dernière fois, en notant chaque détail, afin de ne rien négliger. C'est un peu comme un puzzle nous avons des pièces, mais nous ne savons pas où les mettre.

Martine se tourna vers son fils avec un grand sourire.

- Je ne me rendais pas compte à quel point tout ce que tu vivais était aussi passionnant. Je suis très fière de toi et de vous tous, dit-elle en regardant le groupe. Mais si je vous ai fait venir ici, c'est que je pense avoir la personne idéale pour vous raconter ce fameux massacre. En effet Paul…

- Paul ! Tu l'appelles par son prénom ? Bougonna Mathieu en la coupant.

Sa mère pinça les lèvres en lui faisant les gros yeux, ce qui fit sourire Zoé.

- Donc comme je disais, Paul est un de mes clients, mais aussi un grand ami, précisa-t-elle en insistant sur ce mot. Il est prêt à nous recevoir, car c'est un passionné d'histoire et surtout de la ville d'Orange, d'où il est originaire. Je pense qu'il pourra peut-être faire avancer votre enquête. Qu'en dites-vous ? Conclut-elle en regardant tout le groupe.

- Ce serait génial, précisa Nanny avec enthousiasme, je dois reconnaître nos lacunes dans ce domaine, et un peu d'aide ne peut pas faire de mal.

- Parfait ! Je l'appelle, affirma Martine en se levant, pour prendre son téléphone.

Mathieu l'air toujours bougon ne quittait pas des yeux sa mère. Zoé assise juste à côté, l'observa silencieusement, puis elle posa sa main sur son bras.

- Eh ! Que t'arrive-t-il ?

- Tu l'as entendue, murmura-t-il toujours aussi fâché, *un grand ami* répéta-t-il en imitant sa mère. Il regarda autour de lui, tous les autres étaient en pleine discussion et ne portaient aucune attention à leurs échanges.

- Ta mère est une très belle femme. Quel mal y a–t-il ? C'est sûrement quelqu'un de très bien et…

- C'est ma mère Zoé ! Ma mère ! La coupa-t-il en haussant légèrement le ton attirant l'attention des autres sur eux.

- Je connais bien ça, murmura Zoé plus doucement, pour n'être entendue que de lui. Ton père est mort Mathieu, rien ne changera cela, l'amour que ta maman lui portait fait partie d'elle. Tu sais, moi aussi j'ai eu du mal à accepter que mes parents refassent leur vie, mais dans le fond, c'est normal, même sain. Nous devons tous évoluer, avancer, toi tu as changé, tu es le premier à le reconnaître, j'espère un peu grâce à nous. Alors, dit-elle en reportant son regard sur Martine toujours au téléphone, ta maman a le droit aussi de progresser, de se créer de nouveaux rêves. Tu ne veux pas qu'elle reste seule et triste jusqu'à la fin de sa vie, quand même ? Conclut-elle en le regardant avec insistance.

Mathieu avait son regard bleu posé sur elle, il semblait assimiler tous ses propos. Il hocha la tête, en la baissant doucement.

- Tu as raison, mais c'était mon père et…

- Il le sera pour toujours, rien ne changera cela. Cet homme, ce Paul mérite que tu lui laisses une chance.

Mathieu se mordit les lèvres, Zoé percevait ses doutes, sa colère, sa tristesse et cela la peinait.

- Il a intérêt d'être à la hauteur, sinon je le dégage, précisa-t-il avec humeur.

- Je ne connais pas beaucoup ta maman, mais j'ai l'impression que ce Paul est certainement quelqu'un de bien, puisqu'elle lui fait confiance. La bonne nouvelle c'est que nous allons sûrement le rencontrer.

Lorsque Zoé releva la tête elle sentit le regard de Nanny posé sur elle. Celle-ci souriait en hochant la tête semblant approuver l'attitude de Zoé. Martine revint vers eux avec empressement.

- Paul nous attend, il habite juste à côté. Nous allons y aller à pied. Marc peux-tu prendre une grande boîte et la remplir de gâteaux ?

- Oh ! Martine gloussa Sophie, heureusement qu'on ne vient pas tous les jours, je prendrais dix kilos en peu de temps.

- C'est vrai, merci Martine pour tout, insista Zoé. En plus, ils sont délicieux, dit-elle en se pourléchant les lèvres, un pur délice.

Effectivement, le fameux Paul habitait au bout de la rue, il avait une magnifique maison de ville avec une grande cour sur l'arrière. C'était un homme d'une cinquantaine d'années, avec les cheveux grisonnants. Ce qui inspira confiance à Zoé ce fut son regard doux d'un gris lumineux. Il accueillit avec beaucoup de gentillesse tout le groupe, qu'il installa dans son salon, mais son attention se reporta très rapidement sur Martine qu'il dévorait des yeux. Zoé pouvait sentir la tension émaner de Mathieu, il bouillait intérieurement.

- Une chance Mathieu, juste une chance, lui chuchota-t-elle à l'oreille.

Il parut se détendre en lui souriant. Paul se tourna alors vers lui.

- Je suis heureux de faire ta connaissance Mathieu, ta mère t'aime énormément, elle parle toujours de toi, de tes exploits sportifs, de tes études, tu es sa grande fierté.

Devant tant de gentillesse, Mathieu se dérida légèrement. Ce fut à ce moment précis que Nanny prit la parole.

- Merci Paul de nous recevoir, il paraît que vous êtes la personne idéale pour nous parler de ce massacre.

Paul tout en servant le café, commença son récit.

- C'est vrai, ma famille est originaire d'Orange et l'histoire de cette ville me passionne. Donc pour en revenir à notre affaire, sachez qu'en mille cinq cent soixante et un, les chanoines de l'église d'Orange furent attaqués par plus de trois cents hommes lourdement armés. Ils massacrèrent beaucoup de chanoines et pillèrent les trésors de l'église.

- Les trésors ? Le coupa Marc les yeux pétillants d'intérêt.

- Oui, c'est vrai les chanoines avaient en leur possession des trésors qu'ils gardaient.

- Ce que l'on ne comprend pas, reprit Zoé c'est pourquoi avoir fait appel à NOSTRADAMUS ?

- Ils espéraient que celui-ci, vu sa renommée pourrait retrouver les coupables.

- Il a réussi ? Demanda alors Sophie.

- Non, hélas ! Il a supposé qu'il devait y avoir des complices parmi les chanoines. Il menaça ceux-ci d'une justice divine, mais personne ne parla. Si cela se trouve, les complices étaient parmi les victimes.

- Vous croyez qu'ils ont attaqué cette église pour s'emparer de leurs trésors ? Interrogea Nicolas.

- C'est possible, et n'oublions pas que la guerre de religion a commencé en mille cinq cent soixante-deux, là, nous sommes juste avant, il y avait déjà des exactions que l'on pouvait observer dans tout le pays, insista Céline.

- C'est vrai, reprit Paul en la regardant.

- Vous ne savez pas si dans ce fameux trésor, il y avait une petite boîte en particulier ? Demanda Mathieu.

Paul lui sourit gentiment, heureux de voir que celui-ci semblait se détendre.

- Non, en fait on sait qu'ils gardaient un trésor qui n'était pas à eux, mais personne n'en connaissait le contenu précis, aucun document ne le relate. Ces hommes armés en avaient-ils été informés ? C'est probable.

Amir qui avait écouté avec beaucoup d'attention intervint.

- Je trouve que c'est quand même beaucoup, trois cents hommes puissamment armés pour attaquer des chanoines sans défense.

- Exact ! Ce qui me fait penser, qu'il y avait sûrement plus que ce que nous supposons, confirma Paul en les regardant.

Il y eut un long silence chacun réfléchissant à ces nouvelles découvertes. Nanny posa sa main sur sa canne et commença à se lever.

- Merci Paul pour ces informations, nous allons vous laisser, c'est tellement gentil à vous de nous avoir aidé.

Tout le groupe se leva en remerciant Paul, même Mathieu qui était finalement soulagé de l'avoir rencontré.

- Attendez ! Précisa subitement celui-ci en levant la main. J'ai une théorie, elle n'est pas prouvée bien sûr, mais loin d'être loufoque.

- Quelle théorie ? Demanda Nanny en se retournant vers lui.

- Les Templiers !

À ce mot magique tout le monde se rassit immédiatement.

- Attendez ! Les Templiers, comme le fameux trésor des Templiers ! S'écria joyeusement Marc.

-Oui ! Affirma Paul.

CHAPITRE III

- Comment ça les Templiers ? S'exclama le visage blême Amir.

Zoé le regarda surprise, bien sûr ce mot avait fait réagir tout le monde. On ressentait de l'exaltation, de la frénésie, ils se levèrent tous de nouveau, un brouhaha joyeux régnait. Qui n'a jamais rêvé d'être entraîné dans une aventure sur la piste des Templiers ? Mais la réaction d'Amir attisa sa curiosité.

- Pourquoi tu dis ça Amir ? Demanda-t-elle en se tournant vers lui.

Il la regarda un moment en silence, semblant chercher ses mots.

- Parce que … C'est totalement fou ! Comment est-ce possible ?

Il se tourna vers Nanny.

- Est-ce que mon père se doutait de…

Celle-ci lui saisit la main pour le faire se rasseoir.

- Pas maintenant Amir, attendons d'abord de connaître la théorie de Paul.

Tout le monde se rassit, un grand silence régna, Paul se leva et commença son récit.

- Si vous le voulez bien, remontons en mille cent trente-six, cette année-là, les Templiers prirent pied dans la ville d'Orange. Arnaud de BEDOS, un maître des Templiers reçut les donations des notables de la région et de dame TIBURGE, elle était très puissante et… très riche. Les Templiers étaient protégés par le clergé local, vous commencez à comprendre ?

Tous hochèrent la tête, ils étaient passionnés par ce récit. Sophie se tourna alors vers Zoé.

- Heureusement que certains noms se perdent, tu te vois t'appeler TIBURGE, franchement pas très cool, pouffa Sophie.

- Oh ! Moi je vois bien, murmura Nicolas à son oreille. C'est même très joli, tu imagines TIBURGE la BÉCASSE.

Tous se mirent à rire en voyant l'air outré de Sophie, qui donna un coup de coude à Nicolas. Dire que ce surnom la révoltait à chaque fois que Nanny le prononçait, aujourd'hui il la faisait sourire.

Celle-ci tapa le sol avec sa canne, ramenant le silence autour d'elle.

- Les enfants, s'il vous plait, j'aimerais bien connaître le lien avec NOSTRADAMUS.

Paul reprit son récit, Zoé fronça les sourcils. Elle avait hâte effectivement de connaître sa théorie et la raison de ce fameux massacre.

- Donc les Templiers devinrent si riches qu'ils furent les principaux propriétaires de la région, ils possédaient même les arènes d'Orange. Ce qui est un bon indicateur de leur fortune et de leur implantation dans la ville, peu de gens le savent.

- Et alors ? Quel rapport avec les chanoines ? Demanda Mathieu.

- Justement entre mille cent cinquante-cinq et mille cent soixante-cinq les Templiers eurent un commandeur très puissant et très particulier, le frère Marcel, vous voyez le lien direct maintenant ?

- Donc vous croyez, que les chanoines auraient pu garder le trésor des Templiers, tout ce temps, ce qui expliquerait leur massacre ? Intervint Amir.

- C'est fort probable, affirma Paul. Ils l'auront gardé, soit par fidélité envers les Templiers, soit par peur des représailles. Ils n'avaient pas tort, regardez, il a suffi qu'une seule personne parle pour qu'ils se fassent tous massacrer. Ce trésor a toujours attisé les convoitises, tout le monde le recherchait, encore de nos jours d'ailleurs. De plus, à cette époque il n'était pas rare de confier des biens aux chanoines, ceux-ci avaient pour mission de les conserver, ce n'est donc pas si surprenant.

Paul prit une grande respiration avant de poursuivre.

- Ce trésor devait être un secret que les chanoines se transmettaient de génération en génération. Ils l'auront dissimulé pour éviter d'avoir des ennuis, jusqu'à cette fameuse attaque. On ne connaît d'ailleurs pas l'identité des soldats.

- Qu'en penses-tu Zoé demanda Nanny en se tournant vers elle.

- Hum ! Je préfère m'en tenir aux faits, on a vu par le passé leur importance. Nous avons donc la confirmation de l'existence d'un lien étroit entre les Templiers et les chanoines, c'est très prometteur, dit-elle avec un grand sourire. Autre fait troublant, le massacre des chanoines, il semble évident que les assaillants recherchaient quelque chose de précieux et de précis, qu'ils n'ont pas trouvé, sûrement cette petite boîte. Il faut découvrir son contenu, mais je pense que c'est une bonne théorie. Toutefois les faits sont assez éloignés les uns des autres, nous devons donc trouver des preuves pour confirmer cette hypothèse.

- Cool ! S'écria joyeusement Marc en se levant. Vous pensez que la petite boîte serait un indice menant à leur trésor ?

- C'est une possibilité, confirma Paul avec enthousiasme. J'aimerais beaucoup la voir. Elle devrait nous révéler la vérité, ou du moins nous en apprendre beaucoup plus.

Un brouhaha général se fit entendre. Céline tapa dans ses mains pour ramener le silence.

- Justement, j'ai continué mes recherches et j'ai découvert un détail très intéressant. NOSTRADAMUS un an après ce massacre a reçu la visite de deux chercheurs de trésors, il…

- Oh Yeees ! Je le savais, s'écria joyeusement Mathieu, en tapant dans ses mains. Il recherchait donc bien un trésor, tout se tient. J'hallucine !

- Hum ! Hum ! Reprit Céline, donc je disais qu'il avait reçu la visite de ces deux chercheurs de trésors, qu'il envoya en Espagne, pourquoi ? Je n'en sais rien. Mais après avoir reçu leur rapport, il décida d'entreprendre un voyage de quatre à cinq jours.

- Où ? La coupa Zoé de plus en plus intéressée.

- C'est ça qui est surprenant, personne n'a jamais su où il avait été. Un grand mystère règne autour de ce déplacement. On sait juste que c'était périlleux.

- Périlleux ! Intervint Marc.

- Oui, et là, cela devient très intéressant. On raconte qu'avant d'entreprendre ce périple il écrivit un parchemin avec une seule phrase, qu'il coupa cette lettre en deux parties égales, il remit la première moitié à son notaire qui était son meilleur ami, maître Joseph ROCHE. Ensuite, la deuxième moitié fut elle aussi coupée en deux parties égales, l'une remise à Jean son frère en qui il avait toute confiance. Il était je crois procureur d'Aix à l'époque, et l'autre fut remise à Anne PONSARDE son épouse.

- Ma lettre ! S'écria joyeusement Zoé en se levant, surprise par cette annonce. Je n'y crois pas, on a retrouvé ma lettre ?

Céline se mit à rire.

- Oui, c'est ce que j'ai pensé aussi.

- Donc la lettre ou le parchemin peu importe, mentionnerait les indices nous menant au trésor ? Insista Nicolas.

- Il y a de fortes chances, précisa Céline en souriant.

- Oui, mais voilà ! Déjà retrouver une lettre datant de près de cinq cents ans ce n'est pas évident, alors trois morceaux, c'est mission impossible, maugréa Sophie.

- Ce que je ne comprends pas c'est pourquoi l'avoir coupée en trois ? Murmura Zoé en se mordillant les lèvres.

- Hum ! Un peu comme une carte au trésor, affirma Éric les yeux pétillants de malice. Réfléchissez, il ne voulait pas qu'on aille prendre ce trésor avant lui. Non ! C'était juste une précaution en cas de malheur, s'il ne revenait pas de ce voyage, qu'il décrivait comme périlleux. En la partageant en trois parties, il s'assurait de préserver le secret.

- Vous voulez donc dire que chaque morceau révèle une indication sur le lieu par exemple ? Insista Sophie.

- J'en ai l'impression affirma Éric avec un grand sourire.

- Pff ! On n'arrivera jamais à reconstituer ce parchemin cette mission est plus que périlleuse, c'est un échec.

- Hum ! Je ne crois pas, murmura Nanny, n'oublions pas que NOSTRADAMUS guide Zoé sur les indices, donc…

- Ceux-ci existent bien quelque part, continua Zoé en hochant la tête.

- Exactement ! Affirma Nanny avec un grand sourire. En plus nous n'aurons peut-être pas besoin des trois morceaux, il a dû faire en sorte de nous permettre de retrouver les indices. Il nous mettra sur la piste du trésor, j'en suis persuadée.

- Ce que je ne comprends pas, intervint Amir en se frottant le menton, c'est pourquoi n'a-t-il pas pris ce trésor, si vraiment il l'a trouvé ? On sait que sa femme ne l'a jamais eu en tout cas.

- C'est vrai, reprit Céline, mais reportons nous à cette époque, NOSTRADAMUS a beaucoup d'ennemis. C'est aussi à cette période-là, qu'il fut emprisonné sur ordre du roi et retenu dans le château de Marignane. Sans compter les guerres de religion qui faisaient rage. À mon avis il devait attendre un meilleur moment. Ou alors il a compris que ce trésor ne lui apporterait que des malheurs, des problèmes, rappelez-vous du massacre des chanoines. On peut aussi supposer qu'il n'a pas réussi à le récupérer, c'est aussi une éventualité. Il aura donc fait en sorte que nous le trouvions à sa place.

Mathieu se leva et marcha de long en large, avant de s'arrêter brusquement sous les regards étonnés de ses amis.

- J'y repense, Céline a dit que ce voyage avait duré quatre à cinq jours. À cette époque il n'existait ni les trains ni les avions, donc ce trésor est là, juste à côté, dit-il avec enthousiasme.

- Oui mais où ? C'est ça le problème, intervint Éric. Nous ne savons pas où le chercher.

- Pas encore, Éric ! Pas encore ! Mais cela ne saurait tarder. Nous avons notre arme secrète Zoé ! S'écria joyeusement Martine, qui était restée silencieuse jusqu'à maintenant.

Tous les regards convergèrent vers elle.

- Oh ! Oh ! Je fais ce que je peux, mais si ce trésor est resté caché jusqu'à maintenant, c'est que cela ne doit pas être évident. D'abord NOSTRADAMUS a précisé périlleux, cela veut tout dire.

- Je n'en reviens toujours pas, murmura Nicolas en se prenant la tête entre ses mains. On recherche donc probablement le fameux trésor des Templiers.

- En fait, un des trésors. Je suppose que lorsque les persécutions sur les Templiers ont commencées, ils ont dû cacher leurs trésors dans différents lieux. Je suis persuadé que la petite boîte est la clé du mystère et nous donnera des indications sur l'origine de ce trésor.

- Elle pourrait donc apporter la preuve que votre théorie est la bonne, précisa Nanny avec un grand sourire. Paul grand merci, vous venez de donner une nouvelle impulsion à notre enquête. Je ne crois pas aux coïncidences vous devez avoir raison, il ne nous reste plus qu'à trouver les preuves.

Amir s'approcha de Paul, il semblait si sérieux tout à coup que Zoé le regarda avec attention.

- Vous pourriez, s'il vous plait me noter les noms des chevaliers des Templiers que vous avez cités ?

Paul prit une feuille et commença à les écrire.

- Mais pourquoi ? Demanda Zoé, tu penses en apprendre plus ?

- Je dois vérifier quelque chose, je vous expliquerai plus tard.

Nanny mit sa main sur son épaule.

- Si c'était vrai, cela serait fabuleux, ton père serait fou de joie, précisa-t-elle en souriant.

- Mais pourquoi Nanny ? Je ne comprends pas, insista Zoé.

- Attendons qu'Amir vérifie, et tu comprendras tout.

Décidément cette aventure était de plus en plus mystérieuse. Nanny remercia chaleureusement Paul, il avait été d'une aide précieuse. Celui-ci, prit une feuille et nota un dernier nom avec un numéro de téléphone.

- Si vous voulez plus de renseignements sur les Templiers, n'hésitez pas à le contacter, c'est un chercheur de trésors. Cet homme a passé sa vie à le chercher, il est incollable sur les Templiers. Il réside près de Gignac, persuadé que le trésor se trouve dans le coin.

- Cela existe encore les chercheurs de trésors ? Murmura Mathieu à l'oreille de Zoé. De toute façon, s'il a passé sa vie à chercher sans jamais le trouver, il ne sera peut-être pas d'une grande aide, pouffa-t-il.

- Tu as raison, confirma Paul, mais son savoir sur les Templiers pourra sûrement vous guider dans votre quête.

Mathieu se tourna vers Paul qu'il salua chaleureusement, Zoé fut heureuse de voir sa réaction. Cette visite avait donné une nouvelle orientation à leur enquête. Ils savaient qu'ils étaient probablement sur la piste du trésor des Templiers, rien que d'y penser, ses pulsations cardiaques s'affolaient.

Le dimanche midi Nanny avait invité tout le monde pour les remercier. Zoé vit Paul arriver en compagnie de Martine. Elle regarda Mathieu en haussant les sourcils, celui-ci s'approcha doucement d'elle.

- Tu avais raison Zoé, c'est un chic type. En plus, dit-il en lui jetant un furtif coup d'œil, c'est un passionné d'histoire, cela nous rapproche. Sans compter qu'il a l'air de beaucoup aimer ma mère, conclut-il en grimaçant légèrement.

- Je sais je m'en suis aussi rendue compte, confirma Zoé. Tu sais ta réaction d'hier était normale, si tu m'avais vue avec mes parents, j'étais infecte, jalouse, méchante, aigrie, bref ! Une vraie peste. Je ne tolérais pas qu'ils puissent avoir une vie d'où j'avais l'impression d'être exclue. Cependant, reprit-elle en secouant la tête, j'étais dans l'erreur c'est mon égoïsme, ma bêtise qui m'excluaient. Je ne voulais pas apprendre à les aimer, je les rejetais en bloc. Aujourd'hui j'ai compris, et au final mon cœur est plus léger, j'ai trouvé ma vraie place au sein de ces familles recomposées. En plus, grâce à vous je me suis épanouie, alors oui, je suis enfin heureuse, et toi aussi tu le seras.

- Je le suis déjà, dit-il en la regardant avec insistance.

Zoé ne put s'empêcher de rougir, elle surprit le regard curieux de Sophie sur elle. À ce moment-là, Nanny tapa le sol avec sa canne, pour inviter tout le monde à se diriger vers la salle à manger. Marie s'était surpassée et rougissait sous les compliments.

Zoé observa tous les convives, ses amis. Elle soupira de bonheur, mais fronça les sourcils en observant Amir en train de chuchoter avec Nanny. Celle-ci se leva en tapant sur son verre avec sa cuillère pour attirer l'attention.

- Notre ami Amir a une déclaration à vous faire, précisa-t-elle en se rasseyant.

Amir semblait anxieux, lui qui était toujours d'un calme olympien cela étonna Zoé. Qu'allait-il leur annoncer ?

- Heu ! Hier vous l'avez vu, j'ai demandé à Paul le nom des chevaliers, cela a dû vous surprendre. En tout cas, Zoé a été intriguée.

- Mais pourquoi ? Le coupa Nicolas étonné.

- C'est en rapport avec l'histoire de mon pays. Mon père règne sur trois tribus, mais sa légitimité a toujours été remise en cause, les autres tribus contestent ce fait. Il existe une légende selon laquelle, il y aurait une cité perdue, l'Atlantis des sables qui…

- L'Atlantis le coupa Éric. Oh ! Désolé Amir, je t'en prie continue, c'est que c'est juste, totalement fou !

Céline mit sa main sur la sienne, elle aussi semblait fascinée par ce nouveau récit.

- Oui, je disais donc que cette cité, connue sous le nom d'IRAM ou d'UBAR renfermerait le secret de la légitimité de notre émirat. Nous sommes persuadés en être les héritiers, mais il y a des conflits permanents aux frontières, cela apaiserait les plus virulents de connaître la vérité.

- Je suis désolée Amir, mais quel rapport avec notre enquête ? Demanda Zoé en fronçant les sourcils.

- Dans la légende, on raconte que *ALEAYN UBAR* connu sous le nom de l'œil d'UBAR aurait été pris par un chevalier des Templiers, d'où mon intérêt hier pour leurs noms.

- Mais, c'est quoi ça l'œil d'UBAR ? Le coupa Sophie intriguée.

- Une émeraude, de la taille d'une paume de main.

Tous regardèrent leur paume, les yeux grands ouverts.

- Quoi ! Une émeraude aussi grosse, murmura Sophie stupéfaite.

- Oui, très rare et très belle. Elle aurait le pouvoir de révéler l'emplacement de cette cité disparue sous le sable, et qui renfermerait l'origine de notre émirat.

- Waouh ! S'écria Mathieu, et tu crois que c'est le même chevalier ?

Amir se tourna vers lui, les yeux d'un noir encore plus intense sous le coup de l'émotion.

- Je ne le crois pas, j'en suis sûr ! Il s'agissait bien d'Arnaud de BEDOS, j'ai demandé à mon père qui a eu confirmation auprès de nos historiens. Ce chevalier a ramené de ses croisades, l'émeraude, et depuis nous n'avons plus jamais entendu parler d'elle. Donc, il y a peut-être une infime chance qu'en trouvant le trésor de NOSTRADAMUS nous retrouvions cette émeraude. Si c'était le cas je… il dut toussoter pour se ressaisir, j'aiderais mon père à asseoir son règne définitivement. Vous vous rendez compte des implications.

Céline le regarda, émue par ces révélations.

- Amir, dit-elle il est évident que si nous arrivons à retrouver cette émeraude, elle te reviendra de droit. Nous sommes tous d'accord, j'imagine ? Demanda-t-elle, en regardant tous ses amis.

Tous hochèrent la tête.

- Bien évidemment nous t'aiderons Amir, mais il reste une question primordiale ? S'exclama Nanny.

- Laquelle ? S'étonna Zoé.

- Nous devons absolument retrouver ce trésor, pour aider Amir et son papa. J'imagine déjà sa joie, il doit jubiler à cette idée. Donc notre première mission sera de découvrir de quel corbeau parlait NOSTRADAMUS, précisa Nanny

- Oh ! C'est vrai. Il faut absolument retrouver ce corbeau. NOSTRADAMUS a dit qu'il protégeait le secret. Mais par où commencer ? Soupira Marc.

Tous semblèrent réfléchir intensément, Éric se frotta le menton.

- J'y pense, dit-il tu as parlé d'un bureau, et si c'était le sien ?

- Je ne comprends pas, murmura Zoé.

- Oui c'est vrai, tu as raison Éric, reprit Céline. Zoé tu as dit que les lieux te semblaient familiers, et nous savons que tu t'es déjà rendue dans son musée qui est aussi sa maison. Voilà pourquoi tu semblais peut-être reconnaître les lieux, tu y avais déjà été.

- Mais que voulez-vous que l'on découvre là-bas ? Insista Zoé.

- Hum ! Je crois qu'ils ont raison, intervint Nanny, cela serait un bon début. Vous retournerez voir ce musée, en faisant un peu plus attention.

- Attention à quoi ! S'exclama Sophie.

- Je ne sais pas, moi, vous verrez bien une fois sur place, reprit Nanny en leur faisant un clin d'œil.

- Mais cette maison n'est sûrement plus la même depuis près de cinq cents ans. Elle a dû être entièrement refaite, murmura Mathieu.

- Non ! Le coupa Paul cette demeure n'a jamais été touchée, elle n'a subi aucune transformation. Si ce n'est la mise aux normes de sécurité, l'électricité, ce genre de choses.

- Rien ! Même pas une petite décoration pour la remettre au goût du jour ? Reprit surprise Sophie.

- Non ! Juste la pièce centrale en bas, à savoir l'accueil et une partie de l'escalier. D'abord vous avez dû sentir et entendre les poutres sous vos pieds.

- C'est vrai, pouffa Mathieu, j'ai cru qu'on allait passer à travers le plancher.

Zoé les regarda les uns après les autres. Après tout, cela pouvait être un bon début pour leur enquête, comme la dernière fois. Elle sourit à cette idée en se rappelant tout le chemin parcouru depuis.

- C'est d'accord, conclut-elle avec enthousiasme. Dès que nous aurons le temps nous irons au musée, il nous faut des réponses. Cette fois-ci, l'intérêt est un peu plus personnel, nous devons aider Amir. Nous allons aussi essayer d'en apprendre plus, sur les Templiers afin de mieux comprendre les faits.

Amir fut touché en voyant la réaction de ses amis, leur soutien indéfectible, pour lui cette aventure prenait une importance capitale.

CHAPITRE IV

La semaine passa bien trop doucement. Ils avaient tous hâte de se rendre au musée de NOSTRADAMUS. Heureusement le vendredi après-midi étant libre, ils s'y rendirent donc directement.

Amir s'arrêta devant la porte du musée.

- Bon ! Dit-il en regardant Zoé avec attention, tu regardes bien chaque pièce. À mon avis cela doit-être son bureau. Nous devons en avoir la certitude.

Zoé hocha la tête, elle savait à quel point c'était important pour lui. En entrant, ils observèrent une nouvelle fois la statue de NOSTRADAMUS, cet homme était décidément bien fascinant, où avait-il pu cacher cette fameuse petite boîte ? Pensa Zoé en plissant les yeux.

Les employés les regardèrent avec étonnement, à cette période de l'année, il n'y avait pas grand monde. Flûte ! Ils devaient se montrer discrets, ne pas attirer l'attention. Zoé le cœur battant, monta doucement les escaliers regardant avec attention chaque pièce. L'odeur de renfermé, le plancher qui grinçait sous leurs pas, loin de l'inquiéter la rassurèrent. En effet, rien ne semblait avoir changé depuis son époque. Plus ils grimpaient les étages, plus il faisait sombre.

Tout à coup au détour d'une marche, Zoé reconnut la pièce, très obscure, juste éclairée par une petite ouverture. Sur le bureau installé dans un coin, se trouvait une lampe. Cet endroit était sinistre, lugubre.

- C'est là ! S'écria-t-elle un peu trop fort.

- Tu en es sûre ? Reprirent en chœur avec enthousiasme, Amir et ses amis.

- Oui, j'en suis certaine. Il se tenait d'abord devant cette petite fenêtre, puis il s'est dirigé vers le bureau, moi j'étais juste contre ce mur, précisa-t-elle en montrant de son index l'emplacement.

Nicolas s'approcha doucement et mit sa main sur son épaule.

- Tu as dit qu'il avait voulu te montrer quelque chose, mais que l'image s'était diluée dans un brouillard, tu te souviens ?

- Oui c'est vrai, tu as raison Nicolas, il semblait m'indiquer ce côté de la pièce, mais je ne sais pas quoi, murmura-t-elle tristement en regardant Amir.

Celui-ci lui releva le menton.

- Eh ! C'est déjà énorme, ne t'inquiète pas on va trouver.

Il enjamba le cordon de sécurité.

- Oh ! Oh ! Oh ! Tu fais quoi Amir ? Nous n'avons pas le droit de pénétrer dans les pièces, chuchota Sophie affolée.

Amir mit son index sur sa bouche pour lui intimer le silence.

- Chuuut ! Je veux juste comprendre ce qu'il voulait montrer. Donc, dit-il en fixant son attention sur Zoé, il se tenait là, à cet emplacement précis.

Celle-ci hocha la tête en fronçant les sourcils, où voulait donc en venir Amir ? Elle le voyait inspecter chaque endroit avec minutie. Tout à coup son regard se figea vers le plafond. Zoé et ses amis penchèrent la tête pour essayer de découvrir ce qui retenait son attention. Amir se mit à rire de bon cœur.

Les autres le regardèrent effarés.

- Qu'est-ce qui lui prend ? Murmura Sophie à l'oreille de Zoé, qui haussa les épaules sans comprendre.

- Eh ! Mon gars tu vas bien ? S'inquiéta Marc.

- Mieux que jamais, rétorqua Amir en revenant vers eux, franchissant de nouveau le cordon de sécurité.

- Nous avions tout faux, dit-il dans un grand sourire.

- Comment ça ? Le coupa Mathieu.

- Quand il parlait de corbeau, il ne faisait pas référence à l'animal, mais à une pièce d'architecture du même nom. Le corbeau est un élément saillant d'un mur, il permet de supporter bien souvent une charge ou de soutenir une poutre comme ici.

Tous se penchèrent immédiatement regardant le fameux corbeau.

- Ça par exemple ! S'étonna Zoé. Tu crois qu'il voulait parler de ce truc ?

Amir hocha la tête ses yeux pétillaient de malice.

- J'en suis persuadé, regarde pour son testament à chaque fois il y avait un système, nous allons le trouver, dit-il en enjambant de nouveau le cordon de sécurité

- Hé ! Oh ! Amir on va avoir des ennuis, marmonna Sophie effrayée.

Nicolas mit sa main sur son épaule pour la rassurer.

- Il a raison, on doit en avoir le cœur net. C'est bien trop important. Mathieu et Marc venez nous allons chercher. Sophie et Zoé pendant ce temps vous surveillerez que personne ne monte, vous êtes trop petites pour atteindre ce fameux corbeau.

Zoé le cœur battant, bloqua l'accès à ce palier avec l'aide de Sophie.

- Tu crois qu'ils ont raison ? Murmura celle-ci.

Zoé plissa son petit nez, Nicolas n'avait pas tort, à chaque fois un mécanisme protégeait un secret.

- Moi j'ai l'impression qu'ils vont se prendre une poutre sur la tête, c'est tellement vieux ce machin, précisa Sophie inquiète.

Zoé se retourna immédiatement, franchissant à son tour le cordon.

- Eh ! Soyez prudents, dit-elle en les voyant tous les quatre sous cette immense poutre.

Marc appuyait sur toutes les pierres mais rien ne bougeait.

- C'est peut-être une fausse piste, murmura Zoé.

- Non je suis persuadé qu'il parlait de ce corbeau, confirma Amir en le montrant du doigt. On va essayer de le pousser on verra bien.

- Attention ! Tout va s'écrouler, c'est tellement vétuste, s'écria Zoé en attirant Sophie à ses côtés.

Amir et Nicolas appuyèrent de toutes leurs forces, on entendit un bruit de frottement, de la poussière tomba, le corbeau s'enfonça doucement. Zoé ne quittait pas la poutre des yeux craignant que celle-ci ne s'effondre. Elle entendit un bruit juste à côté d'elle et remarqua un tas de débris au sol, elle leva la tête et découvrit une petite pierre qui ressortait du mur.

- Là ! Regardez, j'ai l'impression qu'elle s'est déplacée.

Ils s'approchèrent tous, curieux de voir ce qu'elle dissimulait. Amir la retira en douceur, et ne put retenir une exclamation de bonheur.

- Je n'en crois pas mes yeux. C'est la petite boîte, on l'a trouvée ! S'écria-t-il, en la saisissant.

Mais un bruit dans les escaliers les alerta, Amir et ses amis ressortirent immédiatement de la pièce. Il s'empressa de la glisser dans le grand sac de Sophie.

- Eh ! Pourquoi dans mon sac ? Bougonna-t-elle

- Parce que ce n'est pas un sac, mais un trou noir, tout y entre et tu ne retrouves jamais rien, un vrai abysse ce truc que tu portes, murmura en souriant Nicolas.

Tous les autres pouffèrent de rire, mais s'arrêtèrent en apercevant l'air sérieux de l'employée.

- Que se passe-t-il ici ? Demanda-t-elle en les observant avec attention.

- Rien madame, nous regardions le bureau c'est tout, lui répondit Marc avec son plus beau sourire.

Celle-ci méfiante, s'approcha et étudia la pièce avec attention. Zoé retint sa respiration. Le petit tas de poussière allait sûrement attirer son attention, elle semblait si suspicieuse. Heureusement, l'employée focalisa son attention sur les éléments du bureau. Ouf ! Elle se recula de nouveau en leur souriant.

- Nous avions entendu du bruit, précisa-t-elle

- Oh ! Avec toutes ces vieilles poutres cela ne m'étonne pas, répondit Mathieu avec aplomb. Vous n'avez pas peur d'en prendre une sur la tête ? Quand on marche, ça craque, on dirait qu'elles gémissent sous nos pas.

L'employée gloussa en le regardant

- J'y ai souvent pensé vous savez. Bon ! Je vous laisse, finissez tranquillement votre visite.

- Oh ! On… On devait y aller nous aussi, répliqua Sophie en bégayant légèrement.

Devant le regard surpris de l'employée, elle précisa.

- Nous avons cours dans une heure.

- Ah oui ! Vous devez être de l'université, alors bon courage ! Conclut-elle en redescendant les escaliers.

- Ouf ! J'ai cru qu'on allait se faire avoir, soupira soulagée Zoé.

- Attendez ! Reprit Amir en enjambant de nouveau le cordon, je dois remettre tout en place. Il remit la pierre et l'enfonça dans la cavité, le corbeau reprit sa position initiale. Du pied il dispersa les débris.

- Voilà un peu plus de poussière, cela fait plus authentique, murmura-t-il en riant.

- Ingénieux quand même ce système, s'extasia Zoé en le regardant faire.

- Oh ! J'ai appris qu'à cette époque et surtout les chevaliers des Templiers utilisaient souvent ce genre de procédés, ou se servaient de l'eau, précisa Mathieu.

- De l'eau ? Comment ça ? Demanda avec étonnement Sophie

- Les Templiers étaient capables de mettre au point des mécanismes incroyables. Ils étaient très doués, je ne comprends d'ailleurs pas comment ils pouvaient avoir autant de connaissances.

- Dans le fond ce n'est pas si surprenant. Regarde les pyramides, c'est la même chose, il existe des mécanismes qu'on n'arrive toujours pas à comprendre, le coupa Marc.

Ils redescendirent les escaliers lentement afin de ne pas attirer l'attention de nouveau sur eux. Une fois dans la rue Marc arrêta le groupe.

- Montre-nous cette boîte !

Amir mit sa main devant lui, en regardant furtivement autour d'eux.

- Pas ici ! Attendons d'être chez Nanny. Zoé tu dois la prévenir qu'elle convoque nos amis.

Sophie pressa son sac contre elle. Tout le monde avait hâte de découvrir le mystère de la boîte espérant être mis sur la piste du trésor des Templiers.

Nanny et Marie les attendaient sur le perron de la maison.

- Alors vous l'avez ? Je n'en reviens pas ! Vite dépêchez-vous de rentrer.

Une fois dans le salon, tout le monde se mit autour de la table. Sophie commença à ouvrir son sac, on entendait uniquement le petit bruit métallique de la fermeture éclair, un grand silence régnait dans la pièce.

- Oh ! Bon sang ! Tu ne peux pas l'ouvrir carrément, bougonna Marc exaspéré par sa lenteur diabolique.

- Il a raison, murmura à son tour la douce Marie.

Tout le monde se mit à rire, en voyant son empressement.

- Eh ! Ce n'est pas moi qui l'ai mise là. Voilà ! Voilà ! Dit-elle en l'extirpant avec précaution.

Elle la déposa au centre de la table, sous les regards ébahis de ses amis.

Mathieu tendit la main, mais une petite tape ferme de Nanny l'arrêta.

- Attendons nos amis ! Ils ne devraient plus tarder.

- Quoi ! On doit attendre tout votre ordre ? Geignit Mathieu.

- Non ! Céline, Éric, Martine et Paul.

- Ma mère ? Intervint surpris Mathieu.

- Oui, elle se passionne avec Paul pour cette aventure.

- Quoi ! Paul aussi ? Reprit Mathieu.

Mais au même moment, la sonnette de la porte d'entrée se fit entendre.

- Ah ! Il était temps, j'ai hâte de savoir moi, bougonna Marie en se dirigeant vers l'entrée.

Nanny secoua la tête en souriant.

- Voilà, on a donné le virus à cette brave Marie, décidément c'est une épidémie précisa-t-elle.

Heureusement ils arrivèrent tous rapidement. Un grand silence se fit autour de la boîte. Ils restaient immobiles, la fixant intensément, comme si personne n'osait la toucher.

- Ce sont bien les symboles des Templiers, regardez cette croix est typique, précisa Paul d'une voix émue, en tendant l'index vers la boîte, sans compter la présence de ce cercle et de ce triangle. J'avais raison ! Je le savais ! Oh bon sang ! Je n'en crois pas mes yeux.

- Mais ce sont des symboles mathématiques non ? Demanda Zoé.

- C'est vrai, ils utilisaient aussi des codes basés sur ces symboles, ils ont une grande importance. Les Templiers sont fascinants, on retrouve également sur leurs possessions des symboles religieux provenant d'autres pays, comme l'arbre de vie par exemple, ils étaient de grands explorateurs cela a influencé leur ordre. N'oublions pas l'origine de leur quête. Certains pensent qu'ils ont perdu de vue parfois l'objectif de leur mission, indiqua Paul en hochant la tête, fasciné par cette découverte. Qu'attendons-nous pour l'ouvrir ? Dit-il avec un grand sourire.

Céline s'installa aux côtés de Nanny, Zoé poussa la boîte vers elle.

- Allez Nanny, cela va devenir une habitude, dit-elle en souriant.

Celle-ci d'une main tremblante, passa le doigt sur les gravures qui ornaient la boîte.

- Waouh ! Je suis si impressionnée, les Templiers et NOSTRADAMUS, vous imaginez ! Jamais je n'aurais pu penser un seul instant vivre une telle aventure, dit-elle excitée.

Nicolas inquiet mit sa main sur le bras de sa grand-mère.

- Cela va aller Nanny ? Demanda-t-il anxieusement.

- Oh ! Oui Nicolas, mais je n'arrive toujours pas à réaliser. Quand les membres de l'ordre sauront cela, ils vont… Quelle est donc cette expression que tu utilises toujours Mathieu ?

- Halluciner Nanny. Halluciner ! Répondit-il en souriant gentiment.

Nanny se saisit de la boîte mystérieuse, essayant de soulever son couvercle sans succès.

- Mince, mais comment s'ouvre-t-elle ? Soupira Nanny excédée.

- Hum ! Attendez, donnez-là moi, insista Céline. Au moyen-âge les boîtes avaient bien souvent des ouvertures mystérieuses pour préserver les secrets. Elle la tourna dans tous les sens, observant chaque détail. Appuyant de temps en temps sur des parties ou des symboles.

- Et si on la jetait par terre pour l'éclater, précisa Marc, impatient de découvrir son contenu.

- Oh ! Sacrilège ! S'exclama Nanny. Non ! Nous allons bien finir par découvrir ce système.

- Faites voir s'il vous plait, demanda Paul curieux à son tour. Hum ! Regardez, sur le couvercle on trouve, le plus grand symbole des templiers la croix, on l'appelle la croix pattée cerclée. En fait, il s'agit d'un cercle avec une croix à l'intérieur, le point central est le NAOS accessible par la sagesse et la connaissance. Donc, cette croix doit jouer un rôle dans le mécanisme.

- Dis donc il est calé, murmura Zoé à Mathieu.

- Tu as raison je n'en reviens pas, reprit celui-ci doucement. Il m'a dit que les Templiers le fascinaient, je comprends mieux.

- Ah ! Voilà qui est intéressant, sur trois côtés nous avons un triangle équilatéral en relief, et à chaque extrémité des sommets, nous avons un point saillant. Vous savez que cette figure géométrique est un autre grand symbole des Templiers, c'était pour eux l'emblème de la perfection divine et de l'harmonie de la nature.

Paul regarda en souriant ses amis avant de poursuivre avec enthousiasme.

- Saviez-vous qu'un chevalier se devait d'avoir trois chevaux, qu'il faisait trois repas par jour, mangeait de la viande trois fois par semaine et jeunait trois fois par an. Ils avaient même trois façons de punir les coupables. Donc ce chiffre trois, symbolisé par le triangle a une grande importance. Lui aussi doit intervenir dans le mécanisme.

Il reposa la boîte devant lui, semblant réfléchir intensément.

- Essayons quelque chose, supposons que nous devions appuyer sur chacun des triangles et ensuite sur le centre de la croix. Tout le monde retint son souffle en le voyant agir, mais rien ne se produisit.

- Pff ! Je le répète, on l'éclate cela sera plus rapide, bougonna Marc.

- Ah non ! C'est un témoignage du passé, nous devons le préserver, insista Nanny

- Attendez ! Coupa Éric. Je voudrais tenter à mon tour de l'ouvrir.

Il prit la boîte, en souriant il précisa.

- Les symboles mathématiques c'est ma partie.

Les autres pouffèrent de rire.

- On a dit le triangle et le chiffre trois, murmura-t-il.

Il fit tourner la boîte dans ses mains, en l'observant plus attentivement.

- J'ai une idée ! Je vais appuyer sur le point saillant au sommet du premier triangle, puis logiquement pour le triangle se trouvant sur le côté gauche j'appuie sur celui se trouvant à la base du triangle, mais à gauche, et je refais la même opération pour le troisième triangle se trouvant à droite de la boîte, en appuyant bien sûr sur le point saillant à droite.

Éric manipulait la boîte sous les regards ébahis de tous ses amis dans un silence absolu.

- Voilà et pour finir le NAOS. Oh ! Mais bon sang ! La partie centrale coulisse.

Tout le monde se pencha sur la boîte, en voyant Éric faire glisser doucement la partie centrale du couvercle, révélant un bouton poussoir qu'il pressa. Ils découvrirent alors le contenu mystérieux de cette petite boîte.

Zoé était médusée. Éric sortit, un objet ressemblant à une étrange clé, car celle-ci se pliait en deux. Puis un morceau de parchemin et deux autres enroulés ensemble. Il tendit le tout à Nanny qui s'en saisit les mains tremblantes. Céline à ses côtés se pencha pour mieux les étudier, mais elle jeta à son mari un clin d'œil en souriant.

- Tu es le meilleur chéri, qui aurait dit que nous aurions besoin d'un prof de maths pour résoudre cette énigme.

- C'est vrai bravo Éric, reprit Nanny. Maintenant nous n'avons plus qu'à découvrir l'endroit de ce trésor, cette clé nous y mènera peut-être.

CHAPITRE V

- Alors Nanny dites-nous où se trouve le trésor ? S'impatienta Marc en se frottant les mains.

- Eh ! Une minute ce sont de très vieux parchemins, un mélange de vieux français et de latin.

- Pff ! Autant dire du chinois, vous allez arriver à déchiffrer ? Demanda Sophie.

- Oh ! Bien sûr, reprit Nanny en les observant. Il me faut juste un peu de temps. Je ne suis pas une machine à traduire comme vous avez sur vos téléphones.

Ils pouffèrent tous de rire. Marie apporta une feuille et un stylo à Nanny, celle-ci commença avec Céline à décrypter les documents.

Au bout d'un moment elle releva la tête.

- Si vous arrêtiez de souffler cela serait plus facile, j'aimerais vous y voir moi !

C'est vrai que l'impatience les gagnait, ils se regardèrent en souriant, ils étaient si près du but. De quel trésor s'agissait-il ? Pensa Zoé.

GRIMALKIN sauta sur ses genoux, elle se mit à le caresser machinalement. Elle se pencha vers son oreille et lui murmura.

- Sur quelle aventure vas-tu encore nous lancer ? Si tu savais comme j'ai hâte de résoudre cette énigme.

- Que ferons-nous du trésor ? Demanda Mathieu.

Nanny leva la tête.

- L'ordre le gérera discrètement, avec l'état bien sûr. En ce qui concerne l'émeraude, si nous la trouvons, elle sera restituée immédiatement à Amir comme convenu.

- Quoi ! On aura droit à rien ? S'exclama Sophie.

- Vous aurez le plaisir de l'avoir trouvé c'est énorme. Mais en voyant leurs mines déconfites, elle précisa en souriant. N'ayez crainte vous serez dédommagés comme il se doit.

- Pff ! J'espère qu'ils ne vont pas nous refiler un livre pourave comme dans certains jeux télévisés pour te remercier de tes efforts. Il ne manquerait plus qu'on nous offre un livre sur la vie des Templiers bougonna Marc.

Tout le monde se mit à rire, en s'imaginant avec un livre.

- Cela ne vous ferait pas de mal, insista Nanny vous n'y connaissez rien sur les Templiers, ce serait une bonne occasion. Mais avant de parler de la répartition du trésor, si on le trouvait pour commencer.

Elle se replongea avec Céline dans les documents, mais regarda brièvement Marie qui se tenait à ses côtés.

- Il va falloir préparer le repas pour tous nos invités, car je suppose que tout le monde veut rester pour avoir le fin mot de cette histoire.

Ils approuvèrent tous avec un grand sourire.

Marie hocha la tête et se dirigea vers la cuisine, puis se retourna brusquement au dernier moment.

- Surtout vous m'appelez dès que vous avez fini de déchiffrer, je ne veux pas rater la suite de cette aventure.

Nanny se mit à rire en la regardant.

- Une vrai accro, comme nous tous d'ailleurs, dit-elle doucement.

- Comment ne pas être fasciné par cette aventure, précisa Paul en regardant Martine dont les yeux brillaient d'excitation.

Au bout d'un temps interminable Nanny et Céline se regardèrent avec un grand sourire.

- Voilà nous avons tout je crois, conclut Céline. À vous l'honneur Nanny.

Celle-ci se redressa en souriant.

- Donc nous avons la clé, c'est notre premier indice.

- Mais pourquoi se plie-t-elle ? Ce n'est pas logique intervint Amir en la saisissant, celle-ci se sépara en deux morceaux. Oh ! Mince je suis désolé.

- Tu l'as cassée ? S'exclama Marc horrifié.

- Non ! Reprit Nanny c'est une clé très spéciale constituée de deux parties, mais nous ne savons pas pourquoi. Regarde, il suffit de les remettre ainsi. Tu vois ? Dit-elle, en la reconstituant, devant les yeux médusés des convives.

- Donc une clé bizarre, murmura Zoé en regardant Nanny. Ils en parlent dans les documents ?

- Oui ! Écoutez bien. Ce premier parchemin semble avoir été déchiré, il est écrit par NOSTRADAMUS lui-même, c'est du latin.

- C'est sûrement le parchemin qu'il a découpé en trois parties, ma fameuse lettre, confirma avec enthousiasme Zoé.

-Je ne sais pas pourquoi, mais je ne suis pas surpris que ce soit en latin, reprit Nicolas pince sans rire, et que dit-il ?

- *Verum apud geminos adducit* précisa Nanny en les regardant tous un par un.

- Et traduit, cela donne quoi ? Demanda Marc.

- *Dans le regard de mon jumeau puise la vérité.*

- Mais, cela ne veut rien dire, bougonna Sophie. Il avait un jumeau ?

- Non ! Pas que je sache, murmura Céline.

- Et de quelle vérité parle-t-il ? Demanda Martine que cette histoire passionnait.

- Aucune idée, s'exclama Nanny en haussant les sourcils.

- C'est tout ce qu'il dit ? Intervint Zoé.

- Non ! Indiqua Nanny en mettant sa main sur celle de Zoé. Il y a une mise en garde. On dirait qu'il l'a rajoutée après. Il indique que la rebelle court un grave danger.

Autour de la table des voix s'élevèrent. Zoé déglutit avec peine.

- Il voulait parler de moi ? Mais quel est ce danger ? Son cœur s'affola, son souffle se fit plus court. Qu'avait donc vu le grand maître, pour la mettre ainsi en garde ?

- Nous n'en savons rien, répondit d'un air désolé Céline.

Mathieu mit sa main sur son épaule.

- Rien ne t'arrivera, je te le promets, je resterai toujours avec toi, dit-il en pressant légèrement sa main pour lui insuffler du courage.

- Et nous aussi, s'exclama Marc en la regardant avec insistance.

Zoé les remercia d'un sourire. Elle savait qu'elle pouvait compter sur eux. Elle caressa GRIMA qui releva la tête, son regard vert pénétrant semblait vouloir la rassurer. Tous étaient si inquiets.

- Nous sommes un groupe, nous pouvons compter les uns sur les autres, rien ne nous arrivera, j'en suis persuadée, conclut-elle courageusement.

- Vous devrez tous redoubler de prudence dans cette aventure, insista Nanny.

- Je resterai tout le temps avec toi affirma Sophie avec conviction en fixant Zoé. Tu sais que je peux être redoutable quand on me cherche.

- C'est vrai, répliqua Nicolas goguenard. Un chaton transformé en tigresse, tu ne peux pas être mieux protégée Zoé, dit-il en pouffant de rire.

Sophie fit mine de lui donner une tape sur l'épaule.

- Bon ! Les enfants, continuons, voici les deux autres parchemins ce sont des lettres adressées au commandeur des chanoines d'Orange, reprit Nanny en montrant la première missive. Donc Paul vous aviez bien raison, précisa-t-elle en lui souriant.

Elle prit la clé dans une main et commença sa lecture.

- Celle-ci date du premier septembre de l'an mille trois cent sept. Elle est écrite par un chevalier responsable d'une commanderie en Provence, mais nous ne savons pas laquelle, il signe juste frère Gilles. Il lui confie la boîte contenant la clé, et lui demande de la conserver en la protégeant, jusqu'à l'arrivée d'un autre chevalier qui en prendra soin. Il précise que le trésor sera la dix-septième cargaison devant partir le vingt octobre de l'an mille trois cent sept avec la Sainte TRINITÉ.

- C'est quoi ça la Sainte TRINITÉ ? Coupa Amir avec impatience.

- Aucune idée, répondit Nanny. Vous avez une idée Paul ?

Celui-ci secoua la tête de dépit.

- Nous devrions peut-être allez voir ce fameux chercheur de trésors, il s'agit de monsieur BAUDUIN. Je n'aime pas trop le bonhomme. Il est un peu bizarre, un ermite, mais il est incollable sur les Templiers.

- Les sauvages ne nous font pas peur vous savez, précisa Mathieu en souriant d'un air moqueur, on en a connu d'autres, dit-il en lançant un clin d'œil à Marc.

Éric pouffa de rire en les regardant, c'est vrai que les débuts entre Marc et le groupe n'avaient pas été faciles.

- C'est tout ce qu'il y a Nanny ? Reprit Zoé.

- Non, la deuxième lettre semble avoir été rédigée à la va-vite. C'est une requête en fait, elle demande au commandeur des chanoines de garder précieusement cette clé, et de se méfier de tout le monde. Il précise que les temps sont incertains. Il reviendra plus tard pour la récupérer.

- Et ? Il ne dit rien de plus ? S'exclama Nicolas.

- Non, aucune autre indication sur le lieu, je suis désolée. Vous allez devoir activer vos petits neurones.

- Cela ne leur fera pas de mal, pouffa Éric, et puis, ils sont doués.

- Moi je trouve qu'on vient d'apprendre quelque chose de fort intéressant, intervint Marie.

Tout le monde se retourna vers elle, ils étaient tous étonnés, que voulait-elle donc dire ?

- Réfléchissez ? Nous venons d'apprendre que le trésor est probablement toujours dans le coin.

- C'est vrai ! Très belle déduction Marie, la coupa Nanny.

- Oh ! Mais attendez, s'écria Mathieu en regardant le fond de la boîte. Il reste une pièce.

- Hum ! On dirait plutôt une médaille, intervint Céline en l'observant de plus prés.

- Je ne distingue pas bien, on dirait une tête, mais impossible de savoir de qui il s'agit, précisa Nanny

- Il faut la tremper dans du soda, ou la frotter avec du dentifrice, cela la fera briller, fit remarquer Marc.

- Non, mais ça ne va pas Marc ! Pas question d'abimer un tel trésor, rétorqua outrée Nanny.

- Non ! Laissez-moi faire, je vais l'envoyer dans un laboratoire spécialisé. Cette médaille sera nettoyée et identifiée. Il faudra juste être un peu patient, précisa Amir.

- Encore un mystère ! Murmura Éric.

Paul pianotait sur la table perdu dans ses pensées, tous les convives se tournèrent vers lui intrigués. Martine mit sa main sur la sienne pour l'arrêter.

- Que se passe-t-il Paul ? Demanda-t-elle.

- La date ! Répondit-il brièvement, l'air très sérieux.

- Quoi la date ? Intervint Nanny surprise.

- Je viens juste de réaliser. Que savez-vous des Templiers ? Interrogea-t-il en observant ses amis.

- Pff ! Déjà NOSTRADAMUS c'était la misère, mais les Templiers, à part leur incroyable trésor, je dois avouer mon ignorance, indiqua Sophie en le regardant avec attention.

- C'est vrai, elle a raison, confirma Zoé à son tour.

- Il faut savoir que les Templiers furent tous arrêtés le même jour, le vendredi treize octobre de l'an mille trois cent sept. Savez-vous d'ailleurs que c'est de là, que viendrait la fameuse superstition du vendredi treize. Peu de gens le savent.

- Ah bon ! Mais quel rapport avec notre énigme ? Reprit Nicolas en fronçant les sourcils.

- C'est vrai ! Je n'avais pas réalisé, s'exclama Céline.

Paul prit la première lettre.

- Celle-ci date du début septembre de cette fameuse année. L'autre, dit-il en la montrant du doigt, Nanny dit qu'elle a été écrite à la va-vite, sûrement au moment du massacre des Templiers.

- Mais pourquoi les a-t-on massacrés ? Interrogea Mathieu.

- Leur richesse ! On appelait les Templiers, les banquiers de l'Europe, ils étaient extrêmement riches. Ils prêtaient aux rois, et notamment au roi de France Philippe IV appelé également Philippe LE BEL. Or celui-ci avait contracté un emprunt énorme pour pouvoir marier sa fille, il était déjà considérablement endetté. Les caisses de l'état étaient vides, l'échéance de la dette approchait, il savait qu'il ne pourrait pas rembourser. Donc, avec l'aide du pape, et là encore, il avait mis un homme à sa solde à la tête de la papauté, il fit arrêter tous les Templiers, les accusant de tous les maux. Il espérait mettre la main sur leur trésor.

- Mais, il n'a jamais réussi n'est-ce pas ? Demanda Éric curieux à son tour.

- Non aucun ne parla, le trésor semble s'être volatilisé. Il y a bien eu quelques découvertes par-ci par-là, mais c'est tout.

- Espérons que nous tomberons sur un *par-ci*, murmura en souriant Marc.

- Je pense que nous sommes sur la bonne piste, répondit Nanny avec conviction.

- Ils avaient combattu pour le roi, et c'est ainsi qu'il les a remercié ? Il était vraiment sa…

- Maaarc ! Tu ne dois pas dire des grossièretés. Je reconnais que ce roi était un vrai filou, précisa cependant Nanny.

- Oh ! Cela ne lui a pas porté chance, reprit Paul.

- Comment ça ? Rétorqua Zoé.

- Le grand maître des Templiers Jacques de MOLAY, sur son bûcher jeta l'anathème sur ses juges et bourreaux. Il cria *Pape Clément, roi Philippe, chevalier Guillaume, avant qu'il soit un an, je vous cite à comparaître au tribunal de Dieu ! Maudits ! Maudits ! Soyez maudits jusqu'à la treizième génération !* Cita Paul avec emphase.

- L'anathème ? Le coupa Mathieu.

- Oui, une sentence dans la religion ou une malédiction comme dans ce cas précis, répondit Céline en le regardant.

- Et ça a marché ? Interrogea Sophie les yeux grands ouverts.

- Oh oui ! Tous les protagonistes moururent peu après. D'abord le pape, puis le roi et ses enfants.

- Ses enfants aussi ? S'exclama Nicolas

- Oui vous ne connaissez pas l'histoire des rois maudits ? En fait cela provoqua l'extinction de la dynastie des Capétiens, précisa Paul.

- Waouh ! Il était puissant ce gars, il a tout détruit avec sa malédiction, murmura fasciné Mathieu.

- Au fait, il n'en a pas lancé une sur ceux qui retrouveraient son trésor j'espère ? Demanda anxieusement Sophie.

- Non pas que je sache, mais je crois qu'il existe un sortilège le protégeant, indiqua en souriant Paul. Vous savez, on dit cela pour tous les trésors, afin de décourager les moins téméraires de les chercher.

- Quel sortilège ? Reprit Sophie effrayée

- Eh ! Ma puce, il a dit sortilège pas malédiction. Il suffit de le déjouer c'est tout. Cela ne te poursuivra pas jusqu'à la treizième génération ne t'inquiète pas. En plus Paul vient de te le dire, c'est juste pour effrayer.

- Ouf ! Et puis nous nous avons notre arme secrète Zoé et le GRIMALKIN, murmura Sophie en faisant un clin d'œil à Zoé.

- J'y pense, la mise en garde du danger, c'est peut-être en rapport avec ce sortilège non ? S'inquiéta Mathieu.

Un grand silence se fit autour de la table. Nanny prit la parole.

- Ne commençons pas à délirer sur des malédictions. Je trouve que c'est très bien que nous ayons cette mise en garde, cela nous permettra de rester vigilants. Bon ! Je ne sais pas vous, mais tout ça m'a ouvert l'appétit, si nous passions à table ? Demanda-t-elle en regardant tous ses convives.

Zoé n'était pas dupe elle voyait bien l'inquiétude sur les traits tirés de Nanny, elle caressa GRIMA lové sur ses genoux. De toute façon quoi qu'il arrive, elle savait que son petit compagnon ferait son maximum pour la protéger, un lien si fort les unissait, et puis ses amis étaient là aussi. Non ! Elle affronterait sereinement ce nouveau défi.

Le repas se déroula dans une ambiance détendue. Tout le monde décrivait ses attentes concernant ce trésor. Après le repas ils continuèrent à discuter autour de la cheminée. Zoé en profita pour regarder tous ses amis, elle adorait ces moments partagés. Marc caressait un chat blanc qui était venu se lover contre lui. Elle ne put s'empêcher de sourire. Il avait lui aussi parcouru un long chemin, et tout ça grâce à Nanny, GRIMA et toute la bande. Quand elle repensait à ce garçon rageur, toujours sur la défensive qu'elle avait rencontré, et qui avait osé enlever GRIMA, elle pouffa de rire.

- Qu'est-ce qu'il y a de si amusant ? Demanda Nanny à ses côtés.

- Regardez Marc, comme il a changé, c'est incroyable.

- C'est vrai, mais tu sais, il me fait peine.

- Pourquoi ? Demanda Zoé en se tournant vers elle.

- Avec nous, il a enfin trouvé une famille aimante et sincère, mais il n'a toujours pas de foyer. C'est important d'en avoir un.

- Un foyer ? Reprit Zoé en fronçant les sourcils.

- Oui, quand tu rentres le soir dans ton studio, qu'est-ce qui fait la différence entre une maison et un foyer ?

- Eh Bien ! Je… Je ne sais pas.

- Lorsque tu rentres chez-toi, quelle est la première chose qui te donne un sentiment de bien-être, qui est apaisant, qui amène un sourire sur tes lèvres ?

Zoé fronça les sourcils, que voulait donc dire Nanny ? Puis tout à coup ses yeux pétillèrent de joie, mais bien sûr !

- GRIMA ! C'est GRIMA ! Vous avez raison Nanny, rentrer dans une maison silencieuse et froide c'est triste, mais voir la petite frimousse de GRIMA me donne le sourire, m'apaise. Je lui parle, il me fait rire, c'est devenu mon meilleur ami et mon confident. C'est vrai, il est l'âme de mon foyer. Zoé pouffa de nouveau de rire. Vous êtes pleine de sagesse Nanny. Une maison, c'est un toit sur la tête, un abri, un refuge, mais avoir quelqu'un qui vous y attend, vous aime, c'est totalement différent. La maison a une âme, un cœur.

Celle-ci sourit gentiment, en lui faisant un clin d'œil.

La soirée prit fin, mais ils étaient si heureux d'avoir avancé dans leur quête. Il ne leur restait plus qu'à rencontrer ce fameux chasseur de trésors pour en apprendre encore plus.

CHAPITRE VI

Le lendemain matin Zoé se leva de bonne heure, elle poussa du bout du pied GRIMA qui dormait encore profondément.

- Allez Oust ! Petit fainéant, c'est dimanche. Aujourd'hui nous commençons le sport, un jogging pour se mettre bien en forme avant le petit déjeuner.

GRIMA la regarda en baillant, il l'observa avec attention puis roula sur le dos pour s'étirer.

- Dis donc, bonjour l'entraide, si je comptais sur toi pour me motiver, je n'aurais plus qu'à me recoucher.

Elle jeta un œil par la fenêtre et grimaça.

- Bon ! D'accord, il ne fait pas le temps idéal pour se remettre au sport, mais moi je veux garder la ligne, pas comme certains, dit-elle en appuyant son index sur le ventre moelleux de GRIMA.

Elle se leva et commença à préparer sa gamelle, celui-ci arriva immédiatement, et sauta à ses côtés sur le plan de travail.

- Ah ! Tu ne résistes pas à l'appel de la gamelle. Tu vois GRIMA, dit-elle en l'embrassant sur la tête, moi aussi je sais faire de la magie. Il me suffit d'une boîte et hop ! Tu arrives. Allez courage ! Il faut y aller, je prends une bonne douche et je file, toi tu restes avec Nanny.

Zoé en sortant sentit un froid mordant la saisir, elle ne put s'empêcher de soupirer, pourquoi ne pas commencer son sport dans un mois ou deux ? Elle faillit faire demi-tour, mais prit une grande respiration, pas question de renoncer. C'était bien en janvier qu'on prenait des résolutions, et le jogging du dimanche matin en faisait partie.

Elle sélectionna sa musique, mit ses écouteurs sur ses oreilles et commença à s'étirer. Il ne manquerait plus qu'elle se fasse un claquage dès le premier jour, ses amis se moqueraient gentiment d'elle.

Plus elle s'éloignait du Mas, plus elle se sentait détendue. Zoé repensa à la soirée de la veille. C'était fou d'imaginer GRIMA les entraîner sur la piste des Templiers. Grâce à lui elle vivait des choses incroyables. Il y avait tellement de changements dans sa vie, elle n'en revenait toujours pas.

Cela faisait maintenant presque une heure qu'elle courait, trottinant de temps en temps. Elle avait les mollets en béton et les poumons en feu. Elle s'arrêta le long d'un petit ruisseau, et quitta ses écouteurs, le paysage était magnifique, c'était la campagne Provençale.

Tout à coup elle entendit comme un bruissement, Zoé regarda autour d'elle, intriguée. Elle aperçut sur la berge un sachet en plastique bien fermé, mais quelque chose semblait bouger à l'intérieur. Instinctivement elle tendit la main, puis s'arrêta brusquement, et si c'était un rat ? Elle grimaça, elle n'aimait pas particulièrement ces petites bêtes. En fait elle en avait peur, elle se mordilla les lèvres en réfléchissant intensément, devait-elle ouvrir ce sac ? Un autre bruit derrière elle la fit se retourner, elle sursauta effrayée, puis se mit à rire en apercevant GRIMA.

- Tu m'as suivie petit coquin. Elle secoua la tête en riant. En fait, j'ai l'impression que tu t'es moqué de moi n'est-ce pas ? Tu dois parcourir chaque jour bien plus que ce minable petit jogging. Heureusement que tu ne parles pas, tu ne diras rien aux autres. Je sais, je suis essoufflée, rouge comme une tomate, et j'ai mal partout. Alors que toi, tu es en pleine forme, mais tu as quatre pattes, c'est de la triche.

Il miaula comme pour se moquer, et Zoé se mit à rire de plus belle. Tout à coup un nouveau bruissement provenant du sachet la fit de nouveau se retourner.

- GRIMA promets-moi qu'il ne s'agit pas d'un rat, murmura-t-elle en s'humectant les lèvres.

Elle s'empara d'une main tremblante du sac, essayant de dénouer le nœud. Plus rien ne semblait bouger. Zoé se hâta, peut-être arrivait-elle trop tard ? Mais en l'ouvrant en grand, elle ne put retenir une exclamation de désolation. C'était un chaton, son cœur se serra. Elle s'empressa de le prendre, il avait une respiration si faible qu'elle douta de pouvoir le sauver, allait-il s'en sortir ? Il était si minuscule et semblait bien mal en point. Zoé quitta sa veste et décida de l'emmitoufler à l'intérieur en le frictionnant doucement pour le réchauffer.

- Bon sang ! GRIMA qui a osé faire cela ? Dit-elle rageusement. Une larme coula sur sa joue.

GRIMA S'approcha doucement et renifla le chaton qui bougeait à peine.

- Viens ! On rentre de suite, Nanny saura quoi faire pour l'aider. Quel monstre ! Qu'il aille rôtir en enfer pour avoir fait une chose pareille. Tu vois GRIMA, si j'avais le pouvoir de Jacques de MOLAY, je lui jetterais une malédiction bien sentie.

Zoé refit le plus rapidement possible le chemin en direction du Mas. Ses poumons la brûlaient, mais elle savait qu'elle devait se dépêcher. GRIMA avait toujours une distance d'avance sur elle, et ne semblait même pas épuisé.

Ils arrivèrent en courant au Mas. Nicolas se tenait auprès de sa grand-mère dans le salon, ils l'attendaient.

- Eh bien ! Tu m'as l'air bien essoufflée s'exclama souriante Nanny en l'observant.

- Ah ! Les bienfaits du sport, se moqua gentiment Nicolas. Tu aurais dû nous le dire, on court tous les week-ends avec Marc, Amir et Mathieu. D'accord, la distance est peut-être un peu difficile, nous faisons quinze kilomètres.

- Quinze kilomètres ! S'écria Zoé à bout de souffle, même pas en rêve, tu veux me tuer ! Achève-moi de suite cela ira plus vite. Regardez ce que j'ai découvert.

Elle déposa délicatement devant la cheminée son précieux fardeau. Nanny et Nicolas ne purent retenir des cris de stupéfaction.

- Le pauvre que lui est-il donc arrivé ? Demanda intriguée Nanny.

Zoé raconta sa mésaventure, et sa triste découverte. Nanny appela Marie qui s'empressa de ramener un biberon.

- Il faut être un moins que rien pour oser jeter un chaton dans l'eau, enfermé dans un sac comme un déchet, s'exclama Nicolas rouge de colère.

- Oh ! Le pauvre petit, soupira tristement Marie.

- Tiens Zoé, donne-lui le biberon, il doit mourir de faim, précisa Nanny en lui tendant l'objet.

- Moi ! Mais je ne sais pas comment faire. Après tout, il va être votre nouveau chat. Vous ne voulez pas le lui donner Nanny ?

Celle-ci, prit le chaton des mains pour mieux l'observer, il avait déjà meilleure allure. On voyait du blanc de l'orange et du noir, mais son petit regard restait toujours aussi effrayé.

- Non Zoé, c'est ton chat ! C'est une petite Calico, d'ailleurs ce sont généralement que des femelles. Les pauvres, elles sont victimes d'une mauvaise réputation, à tort bien sûr. Les gens sont si stupides parfois, que cela en est affligeant. Au Japon ces chats sont vénérés, ils apportent le bonheur dans leur maison, c'est un très bon présage, répondit Nanny en souriant.

- Mais, j'ai déjà GRIMA, rétorqua Zoé en observant son petit ami qui se tenait impassible à ses côtés.

- Il faut un début à tout, regarde autour de toi tous mes chats, murmura Nanny en montrant du bout de sa canne tous ses petits félins.

Zoé se mit à sourire, elle avait attrapé le virus chat. Voilà qu'elle se retrouvait avec deux petits compagnons. Elle prit le biberon écouta attentivement les conseils de Marie qui se tenait à ses côtés. Cette petite gloutonne était vraiment affamée. Zoé se mit à lui chuchoter des mots doux, l'assurant que dorénavant elle serait heureuse, aimée et protégée.

- Vous pensez qu'elle a quel âge ? Demanda-t-elle en relevant la tête.

- Hum ! À mon avis, un peu plus d'un mois.

Nicolas s'amusait à prendre des photos, pour les envoyer à leurs amis.

- Ils me demandent tous comment tu l'as appelée ? Interrogea-t-il en haussant les sourcils.

- Un prénom ? Zoé n'y avait pas réfléchi. Euh ! Je ne sais pas. Elle l'observa plus attentivement, puis un sourire effleura ses lèvres. Miya ! S'écria-t-elle joyeusement cela lui va bien non ? Oui ce sera Miya.

Nicolas s'approcha, et caressa doucement la tête du chaton.

- Coucou jolie Miya tu ne pouvais pas avoir de meilleure maman, après Nanny bien sûr, dit-il en regardant tendrement sa grand-mère.

- Je trouve cela joli Miya, reprit Nanny en souriant à son tour. Nous allons faire une petite fête cet après-midi, pour souhaiter la bienvenue à notre petite Miya. Qu'en pensez-vous ?

Zoé ne put s'empêcher d'être émue en la regardant lovée contre elle. Une chaleur irradia son cœur, le bonheur sûrement.

- Vous ne croyez pas que je risque de faire de la peine à GRIMA en la gardant ? Demanda-t-elle anxieusement à Nanny.

Celle-ci observa avec attention GRIMA en fronçant les sourcils.

- Il est habitué à partager son quotidien avec d'autres chats tu sais. Regarde-le, il n'a pas l'air du tout perturbé. Je me demande si …

- Quoi Nanny ? Intervint Zoé en la fixant intensément.

- Non rien, c'est à toi de voir. Je suis certaine que tu feras le bon choix.

- Mais, de quoi parlez-vous ?

- Rien, rien Zoé, chaque chose en son temps. Maintenant déjeunons et ensuite, tu installeras la petite Miya dans sa nouvelle maison.

Zoé était quand même intriguée par l'attitude de Nanny. Elle était parfois aussi mystérieuse que ce filou de GRIMA.

L'après-midi, Marie avait préparé un goûter pour tous leurs amis, ils arrivèrent avec des cadeaux pour la petite survivante, le nouveau membre de sa famille. Miya passait de main en main, on la cajolait, la caressait.

Tout à coup Zoé se redressa, un flash venait d'éclater dans sa tête. Elle regarda Nanny, celle-ci plissait les yeux en l'observant, un doux sourire au coin des lèvres. Zoé sentit une main broyer son cœur, mais elle savait pourquoi le destin avait mis la petite Miya sur sa route.

Elle se leva, tapa avec sa petite cuillère sur sa flûte de champagne. Tout le monde reporta son attention sur elle. Mathieu lui remit à ce moment-là Miya dans les bras. Elle l'embrassa sur la tête et lui murmura doucement.

- C'est mieux ainsi, depuis le début c'était écrit. GRIMA et Nanny avaient compris avant moi.

Zoé fit le tour de la table, et déposa Miya dans les bras de Marc.

- Voici le premier membre de ta famille, l'âme de ton foyer. Tout le monde mérite d'avoir un foyer. Tu avais une famille, nous ! Mais, il manquait l'âme de ta maison. Si tu l'acceptes Miya est à toi.

Des murmures, des exclamations fusèrent autour de la table. Marc la regarda les yeux grands ouverts.

- Tu … tu es sûre, pourtant tu l'aimes. Tu te rends compte de ce que tu fais. Zoé ? Tu vas le regretter.

Zoé ne put que hocher la tête, ne quittant pas des yeux Miya.

- Oui, mais attention ! Je reste sa tatie et si tu n'en prends pas soin, tu auras à faire à moi, dit-elle très émue en le regardant.

Marc laissa une larme couler sur sa joue, qu'il essuya furtivement. Il porta Miya à ses lèvres, puis la serra contre son cœur. Il se leva et de sa main libre pressa Zoé contre lui en murmurant dans ses cheveux.

- Oh ! Merci Zoé, je te jure que j'en prendrai le plus grand soin, elle sera ma petite princesse. Elle ne manquera jamais de rien et surtout pas d'amour. Merci Zoé, je sais que pour toi ce n'est pas facile, tu lui as sauvé la vie et tu lui as donné ton cœur.

Zoé renifla doucement son regard bleu empreint de tristesse, elle avait un énorme poids sur l'estomac, mais en voyant l'expression de joie pure dans les yeux verts de Marc elle comprit que sa décision était la bonne, elle soupira avant de reprendre.

- Je crois que je n'étais en fait qu'un intermédiaire. La personne qui devait servir de messager pour la conduire jusqu'à toi. Décidément, ce rôle me semble dévolu, dit-elle en grimaçant.

Tout le monde pouffa de rire, mais leurs yeux brillaient sous le coup de l'émotion.

- Alors levons nos verres à la petite princesse Miya ! S'écria joyeusement Sophie. De toute façon, nous sommes tous les parrains et marraines de ta petite princesse.

Zoé sourit, elle savait qu'elle avait fait le bon choix. Elle pressentait que depuis le début Miya n'était pas pour elle, Marc en avait besoin dans sa vie, elle avait juste mis du temps à le comprendre. Elle regarda GRIMA dont le regard vert intense semblait satisfait, puis elle se tourna vers son amie Nanny. Celle-ci hocha la tête approuvant sa décision.

Ils félicitèrent tous Marc, il semblait plus heureux que jamais, ses yeux pétillaient de bonheur.

Zoé eut un pincement au cœur en regardant Marc partir avec la petite Miya. Nanny vint mettre ses bras autour de ses épaules.

- Tu es quelqu'un de bien Zoé, tu es très attentionnée, mais ça je le savais déjà. Je sais que c'est dur de la regarder partir, mais Marc a enfin trouvé l'âme de son foyer, et cette petite Calico va lui apporter le bonheur qu'il mérite. Tu sais, on dit qu'un chat n'arrive jamais par hasard dans notre vie. Je crois qu'il en avait cruellement besoin, dit-elle en retournant vers la maison

Zoé renifla doucement, le cœur lourd, mais satisfaite d'avoir aidé son ami. Mathieu qui était resté à ses côtés sur le perron, mit sa main sur son épaule.

- C'est vrai, tu es quelqu'un de très bien Zoé KILHOURZ, ton cœur est immense et je crois que Marc avait besoin d'une petite princesse dans sa vie, Nanny a raison, comme toujours, dit-il en pouffant de rire. Au fait, Paul prend contact demain avec notre ermite, et chasseur de trésors, alors nous avons encore beaucoup à faire. Allez viens, je te raccompagne jusqu'à ton studio, précisa-t-il en lui prenant la main.

Une fois seule chez-elle Zoé s'installa dans son canapé, pressant un coussin contre sa poitrine. GRIMA sauta sur l'accoudoir et la fixa intensément.

- Tu aurais pu me prévenir, bougonna-t-elle. Dès que j'ai vu Miya je lui ai donné mon cœur, ça fait mal, même si je suis très heureuse pour Marc.

GRIMA, s'approcha, posa ses pattes sur ses épaules et lui lécha le bout du nez.

- Beurk ! Tu as raison, je n'aurais pas pu supporter un tel traitement avec deux chats Tu imagines, me faire lécher le bout du nez constamment, dit-elle en riant. Aujourd'hui nous avons fait un heureux, et puis nous avons aussi sauvé une vie. C'est énorme, quelle journée ! Tu ne pourrais pas me dire ce que tu envisages pour moi ? J'ai besoin de bonnes nouvelles pour mon moral.

GRIMA pencha la tête, puis sauta du canapé pour se diriger vers la chambre.

- Quoi ! Tu n'en as rien à faire de mes problèmes, tu t'en fiches ? Sympa l'ami, murmura en souriant Zoé.

Cette nuit-là, elle fit un rêve étrange. Des corbeaux volaient dans un ciel gris, très bas. Elle sentit son cœur battre follement. Un brouillard l'enveloppa, la sensation de tomber sans pouvoir se raccrocher, elle avait des sueurs froides, elle poussa des cris, puis ce fut le silence.

Zoé se releva, porta la main à son front douloureux, mais la tâche rouge qu'elle vit l'angoissa. Où se trouvait-elle ? Il faisait froid et sombre. Zoé hurla, mais il n'y avait aucun bruit, un silence total régnait. Allait-elle mourir dans cet endroit sinistre ? Le temps sembla se figer, recroquevillée dans un coin, elle pleura longuement.

Dans un dernier sursaut de rage, elle se releva. Pas question de rester ici plus longtemps. Elle passa ses mains sur les parois, il n'y avait aucune prise possible pour s'accrocher et lui permettre de remonter en escaladant. De toute façon, sa cheville lui faisait mal.

Zoé entendit à ce moment-là, un miaulement et vit la petite tête de GRIMA apparaître. Elle crut l'entendre dire, *il arrive*. Zoé retint son souffle, GRIMA allait-il enfin lui montrer son visage ? Elle entendit des pas, et hurla, mais au moment où elle tendit la main vers le haut, un épais brouillard l'emporta subitement.

Elle se réveilla en sursaut le cœur battant, des frissons glacés la parcouraient. GRIMA assis devant elle, la fixait de son regard vert pénétrant.

- Oh ! Tu es diabolique, on ne te l'a jamais dit. J'ai l'impression que tu te moques de moi. C'était quoi ce cauchemar ? Et puis j'aimerais bien voir son visage, juste une fois. Tu le connais bien toi ! Ce n'est pas juste.

GRIMA se recoucha, s'étira et offrit son ventre aux caresses de Zoé qui pouffa de rire.

- C'est bon ! J'ai compris, la vie doit garder un peu de son mystère.

Zoé se recoucha en tenant serré contre elle, son ami, ce cauchemar était perturbant.

CHAPITRE VII

Le lendemain matin au petit-déjeuner Zoé raconta son cauchemar à Nanny et Nicolas en occultant bien sûr, son désir de découvrir le visage de son sauveur.

Nanny fronça les sourcils et tapota des doigts sur la table.

- Cela ne me plait pas du tout. Les corbeaux sont un mauvais présage un signe de danger imminent. Je…

- Tu crois que Zoé est en danger ? Intervint Nicolas inquiet à son tour.

Nanny prit une grande respiration, se retourna vers Marie qui se tenait à ses côtés, une main sur la bouche.

- Même Marie est angoissée par ce présage.

Elle soupira longuement puis fixa intensément Zoé.

- Je le pense sérieusement, n'oublions pas que c'est la deuxième mise en garde. Zoé tu devras être extrêmement prudente je t'en prie. Non ! Ne souris pas ! Je suis sérieuse.

Zoé frissonna, elle aurait voulu prendre ce rêve à la légère, ne pas céder à ses craintes. La réaction de ses amis raviva ses peurs nocturnes.

- Que dois-je faire ? Murmura-t-elle d'une voix tremblante.

- Rester sur tes gardes, réfléchir avant d'agir, précisa Nanny avec détermination.

Nicolas mit sa main sur celle tremblante de sa grand-mère.

- Nous la protégerons n'aie crainte. Il se tourna alors vers Zoé. Tu n'as aucune indication sur le lieu ?

- Non ! Il faisait nuit, je frissonnais peut-être de peur tout simplement. Aucun détail pour m'aider à localiser cet endroit. Elle soupira de désespoir, je ne sais même pas si c'est en lien avec notre enquête.

Nicolas l'observa un long moment silencieusement, en plissant les yeux, les mâchoires crispées.

- Bon ! Nous devons filer Nanny, soupira-t-il en l'embrassant sur la tempe. Pas de panique, tu l'as dit toi-même, nous sommes avertis, nous serons donc très prudents. Je vais prévenir tout le monde.

Zoé fut émue en voyant l'inquiétude sur le visage de ses amis. Ils ne la quittèrent pas de la journée craignant pour elle dès qu'elle s'absentait. Zoé soupira excédée, mais Éric s'approcha d'elle doucement.

- C'est normal de s'angoisser pour ceux qu'on aime, Céline aussi se fait du souci pour toi comme nous tous. Si le danger rôdait sur l'un d'entre nous, comment réagirais-tu ?

Zoé soupira tristement.

- Vous avez raison, c'est juste que …

Elle leva les yeux vers lui avant de poursuivre.

- Je ne veux pas me laisser hanter par ma peur. Nous devons continuer notre enquête, il faut avancer, et là… j'ai l'impression que le souci majeur est ma sécurité.

- L'un n'empêche pas l'autre, dit-il en lui faisant un clin d'œil. Je viens d'avoir Paul au téléphone il m'a dit qu'il contacterait aujourd'hui notre ermite. Tu vois, on avance, alors sois prudente surtout, murmura-t-il tendrement en s'éloignant.

Mathieu accourut au moment du déjeuner, il semblait essoufflé et impatient.

- Je vous cherchais, dit-il en reprenant sa respiration. J'ai eu Paul au téléphone, demain matin le vieil ermite accepte de nous recevoir. C'est parfait nous n'avons pas cours. Éric viendra également avec nous. Il frotta ses mains l'une contre l'autre. Ne sentez-vous pas l'odeur du trésor ?

- Eh ! Reviens sur terre, se moqua gentiment Sophie en faisant claquer ses doigts devant lui. Avant de pouvoir le sentir, il faudrait d'abord le trouver. N'oublie pas que cet homme a passé sa vie à le chercher. Si ça se trouve on va finir comme lui, vieux et aigri à chercher ce butin, bougonna-t-elle en grimaçant.

- Tu ne seras jamais vieille et aigrie, reprit doucement Nicolas en la regardant avec adoration. Je m'en fiche moi, de chercher ce trésor toute ma vie, du moment que je reste à tes côtés.

- Qu'est-ce qu'il ne faut pas entendre, eh ! Les amoureux revenez sur terre, s'écria moqueur Marc. Mathieu a raison, nous devons trouver rapidement ce trésor. Qui sait, d'autres aventures nous attendent peut-être encore ?

- Eh oh ! Tu me prends pour une agence de voyages avec pour logo, *les vacances de l'impossible, aventures et souvenirs inoubliables,* pouffa Zoé en le regardant.

- Remarque cela y ressemble un peu, s'exclama tout sourire Amir. Quand je pense qu'en arrivant ici, j'avais peur de mourir d'ennui. J'en voulais à mon père de m'avoir envoyé dans cette petite ville, loin de la vie trépidante de Londres. En fait, nous ne faisons que rebondir d'une aventure à une autre, alors qui sait ce que l'avenir nous réserve. Tu es unique Zoé KILHOURZ.

Ce matin-là, Zoé installée sur son canapé regardait les cartes qu'elle venait de disposer sur sa table basse. Un bruit sourd venant de la porte la fit sursauter. Elle se dépêcha d'ouvrir, un vent glacial s'engouffra dans la pièce. Nanny, Sophie et Nicolas la regardèrent en souriant.

- Dépêche-toi Zoé ! Ne faisons pas attendre le vieil ermite, précisa Sophie en grimaçant.

Nanny s'approcha de la table basse.

- Hum ! Cela fait beaucoup d'informations, déjà celle-ci, dit-elle en mettant son index sur le corbeau nous pouvons la retirer. Nous connaissons sa signification.

- Ainsi que la clé, puisqu'on sait qu'elle ouvre les portes d'un coffre, idem pour la lettre, les chanoines, et la boîte. Waouh ! En fait, on a drôlement avancé, murmura Nicolas.

- Il reste ces hommes, on ne sait toujours pas si ce sont des chevaliers des Templiers ou les hommes du roi. Le contenu des lettres aussi reste mystérieux, ainsi que cette fameuse médaille que faisait-elle là ? Car après tout, le trésor est-il toujours dans le coin, ou cherchons-nous un butin, dilapidé depuis des siècles ? Soupira Sophie.

- Non ! NOSTRADAMUS nous a indiqué ce trésor pour une bonne raison, affirma Nanny avec conviction. Je suis persuadée qu'il est là quelque part. Peut-être que la bâtisse de ton rêve nous aidera à mieux le localiser ? Nous devons la retrouver.

- Mais on ne sait toujours pas ce que c'est, et encore moins où elle se trouve, reprit d'un air dépité Zoé.

- Pas encore Zoé, mais allons voir ce vieux grincheux.

Zoé sourit en la regardant.

- Je croyais que vous ne vouliez pas venir Nanny.

- Comment ! Tu crois que je raterais l'occasion de rencontrer un vrai chasseur de trésors ? Et puis vois-tu cette histoire de Templiers me fascine, je dois l'avouer, conclut-elle en lui faisant un clin d'œil.

Zoé se mit à rire en voyant son enthousiasme.

- Bon ! Je prends mon manteau, moi aussi j'ai hâte de découvrir ce trésor s'écria joyeusement Zoé. GRIMA tu restes bien au chaud, murmura-t-elle en l'embrassant sur la tête.

- Où sont les autres ? Demanda-t-elle en s'installant dans la voiture de Nicolas.

- Mathieu partira avec Paul et Martine, quand à Amir, il prend Marc et Éric. La pauvre Céline ne peut pas nous accompagner, mais elle veut que nous notions tous les détails. Je vais faire mieux que ça, nous allons tout enregistrer, précisa mutine Sophie en brandissant son appareil.

- C'est quoi ? La coupa intriguée Zoé.

- Mon vieux dictaphone, mais il marche encore super bien. Il me permettait d'apprendre mes cours. Je les mettais en boucle dans ma chambre.

- Dis donc tu étais une élève très sérieuse, murmura Nicolas tendrement, en la regardant dans le rétroviseur central.

Sophie pouffa de rire.

- Bon ! C'était surtout quand j'étais jeune.

- Qu'est-ce qu'il ne faut pas entendre ! Soupira Nanny installée à l'avant aux côtés de Nicolas. On dirait une bande de vieillards.

Ils éclatèrent de rire en la regardant tendrement, celle-ci avait un esprit tellement vif et intrépide, qu'ils ne remarquaient même plus son âge. Elle était l'âme de leur groupe, pleine de sagesse et de bons conseils.

Le voyage dura presque une heure. Zoé regarda sa montre.

- Où habite-t-il exactement ?

Nicolas lui jeta un coup d'œil dans le rétroviseur.

- Nous arrivons, il vit sur la commune du Rove, c'est un petit village, mais il habite en dehors à priori, isolé de tout.

- Pourquoi ne suis-je pas surprise ! Pouffa Sophie, où veux-tu qu'un ermite réside ? En plein centre-ville ? Pourvu qu'il ne nous accueille pas avec un fusil, c'est tout ce que je demande.

- Ermite ne veut pas dire agressif ou violent. C'est juste qu'il se tient en dehors de la société, c'est tout confirma Nanny.

Ils découvrirent à flanc de colline une vieille bâtisse en pierre, dont la cheminée fumait. Zoé remarqua les autres véhicules. Elle fit signe à ses amis, heureuse de les retrouver.

- C'est parfait, s'exclama Paul nous venons juste d'arriver, allons voir monsieur BAUDUIN. Il va nous en apprendre beaucoup sur les Templiers, c'est sa raison de vivre.

- Pff ! Il n'a même pas la WI-FI dans son trou perdu, s'il a la télé c'est un miracle. En tout cas sa maison est comment dirait Paul ? Ah oui ! *Dans son jus*, une vraie et authentique antiquité, plaisanta Sophie en faisant un clin d'œil à Zoé.

Un vieil homme tout courbé au visage très ridé sortit pour les accueillir, l'air peu aimable, ses cheveux blancs volaient au vent. Il s'approcha de Paul qu'il salua et fit signe à ses visiteurs d'entrer.

- Je ne m'attendais pas à vous voir aussi nombreux, bougonna-t-il après les présentations.

Nanny avec son charisme naturel lui adressa son plus beau sourire.

- Voyez-vous monsieur BAUDUIN cette histoire des Templiers nous fascine. Il paraît qu'ils n'ont aucun secret pour vous.

L'homme flatté eut un petit rictus, sûrement un sourire pensa Zoé en l'observant, mais celui-ci n'atteignait pas ses yeux qui exprimaient beaucoup de méfiance à leur égard. Peut-être même une certaine forme d'animosité qui lui fit courir un frisson glacé le long de son dos. Au premier abord, il semblait très antipathique

Paul dut sentir le malaise, car il prit la direction des opérations faisant signe aux autres de s'installer et commença à interroger monsieur BAUDUIN sur cette période de l'histoire. Ce vieil ermite, était surtout un passionné, il commença son récit.

- Tout d'abord, il faut savoir que vous vous trouvez ici sur un lieu très important pour les Templiers. Ils avaient des commanderies très puissantes.

Mathieu leva la main comme à l'école ce qui fit sourire les autres.

- Excusez-moi, mais c'est quoi une commanderie ?

- C'était un ensemble de bâtiments souvent des monastères, des fermes, appartenant aux Templiers, ils géraient leurs affaires depuis ces lieux et récoltaient aussi de l'argent pour leur ordre. La plus puissante se trouvait à Fos, car ils utilisaient son port pour charger et décharger leurs marchandises.

- Ou trésors, murmura Mathieu à l'oreille de Zoé.

- Il y avait une hiérarchie dans les commanderies. On en trouve donc tout autour de l'étang de Berre et près d'ici à Gignac, il y a l'église dédiée au patron de la chevalerie spirituelle.

- Mais, pourquoi pensez-vous que le trésor se trouve près d'ici ? Le coupa Marc

L'homme plissa les yeux, il semblait suspicieux tout à coup. Après un long silence il reprit.

- Les Templiers étaient très riches ici, et il y a une vieille légende, *la Cabro d'Or.*

- La quoi ? L'interrompit Éric.

- La légende de la chèvre d'Or, précisa Nanny en se tournant vers lui. C'est une vieille légende dans laquelle on raconte que par certaines nuits de pleine lune, on apercevrait une chèvre déambulant dans la colline, et dont le poil serait luisant de poussière d'or. Elle vivrait au fond d'une grotte, et tous ceux qui essayeraient de la suivre n'en ressortiraient jamais vivants.

Nanny observa alors le vieil ermite d'un air sérieux.

- Monsieur BAUDUIN, vous savez que cette légende apparait un peu partout. On la retrouve dans beaucoup de villages, pourquoi pensez-vous qu'elle se situe ici ?

L'homme la regarda avec attention, peut-être surpris par ses connaissances.

- Le Rove est connu pour ses chèvres, elles ont fait depuis toujours sa fortune en apportant la prospérité à ce village. Il semble donc logique que cette légende ait pris naissance ici. D'autant plus, quand on connaît l'implantation des Templiers.

- Pourriez-vous nous parler du massacre des Templiers et de leur fuite ? Intervint Paul.

- Hum ! Une sale affaire. Dans le plus grand secret le roi avait ordonné que tous les Templiers soient arrêtés à la même heure, le même jour soit le…

- Le treize octobre mille trois cent sept, confirmèrent Zoé, Sophie Marc Mathieu, Amir et Nicolas en chœur.

L'homme pour la première fois eut un véritable sourire, il se renfonça dans son fauteuil.

- Oui, mais je suis persuadé que les Templiers qui étaient très puissants en avaient été informés, le problème c'est que beaucoup n'ont pas cru à la trahison du roi.

- Oh ! Oui c'était un beau sa…

- Hum ! Marc s'il te plait, aucune grossièreté ! Ce roi était un beau filou c'est certain.

- Pourquoi dites-vous que les Templiers, ou du moins certains se méfiaient ? Intervint Éric.

- Leur flotte avait été rapatriée à La Rochelle, elle aurait reçu l'ordre de s'y rendre. Je ne crois pas aux coïncidences.

- Leur flotte ? Quelle flotte ? Le coupa Zoé intriguée.

- Ils possédaient dix-huit navires, une flotte magnifique.

Zoé se tourna brusquement vers ses amis et balbutia.

- La dix-septième cargaison !

L'homme fronça les sourcils.

- De quoi parlez-vous ? C'est quoi cette cargaison ? Demanda-t-il d'un air soupçonneux.

Nanny tapa du sol avec sa canne, et l'effet fut immédiat, l'homme se tourna vers elle.

- Que sont devenus tous ces navires ? Interrogea-t-elle.

- On n'entendit plus jamais parler de leur flotte, comme si elle s'était volatilisée, pouf ! Plus rien, totalement disparue, du jour au lendemain, c'est incroyable.

Le vieil homme écarta les mains en les regardant.

- Eh oui ! Cela fait un mystère de plus, concernant les Templiers. On suppose d'après le peu de documents retrouvés, que certains navires auraient rejoint les côtes Portugaises ou Écossaises. Le Portugal était un lieu privilégié pour les Templiers, ils y ont été longtemps protégés. D'autres seraient devenus des navires corsaires pourchassant les bateaux du roi et de tous ceux qui les auraient trahis. Mais une partie de la flotte serait allée vers le sud de la province de la Nouvelle-Écosse au CANADA, on parle de l'île aux chênes.

- Quoi ! Oak Island ! L'île aux chênes ! S'écria stupéfait Mathieu.

- Tu connais ça toi ? Le coupa Zoé surprise.

- Eh bien ! Depuis le début de cette affaire j'ai un peu recherché des infos sur les Templiers. Certains pensent que cette île serait un gigantesque coffre-fort, renfermant les trésors des Templiers.

- Une partie seulement, précisa le vieil homme en pointant son index vers lui. Ils n'ont pas pu tout emporter et à mon avis, ces collines protègent encore beaucoup de leurs richesses.

- Vous recherchez depuis combien de temps ? Demanda Sophie en l'observant attentivement.

L'homme poussa un soupir désabusé.

- Je sais ce que vous pensez, que je ne suis qu'un vieux fou qui a passé sa vie à courir après une chimère, mais je le sens, il est là, dit-il en montrant les collines derrière sa fenêtre. Ce trésor attend, cela fait cinquante ans que je le cherche.

- Cinquante ans ! Le coupa Marc. Waouh ! Si on commence maintenant on aura… Oh là là ! Je n'ose même pas y penser.

- C'est addictif, un virus, ou ce que vous voulez, peu importe, quand on commence on ne peut plus s'arrêter. On a parfois l'impression d'être obsédé, fou, si vous préférez, mais cela vous ronge de l'intérieur.

Il baissa la tête avec tristesse.

- Dans cette quête, j'ai perdu mes amis, ma fiancée, ils ne comprenaient pas mon obsession. Les années ont passées et me voilà seul au milieu de nulle part. Il releva la tête, ses yeux brûlaient d'un feu violent. Je n'arrêterai pas, j'irai jusqu'au bout, c'est mon trésor !

- Aigri, ermite et… psychopathe, murmura Mathieu à l'oreille de Zoé. Cela ne donne pas franchement envie, mais pour Amir nous irons jusqu'au bout nous aussi, dit-il en lui faisant un clin d'œil.

Dans un sens, il faisait peine à Zoé, il était si seul, une vie gâchée. Puis, elle fronça les sourcils, pouvait-on parler d'existence ratée, quand on faisait exactement ce que l'on aimait ? Elle avait du mal à l'imaginer entouré de petits enfants. Non ! Tout compte fait, il avait choisi cette vie. Sa notion du bonheur était juste différente. Cet homme la mettait mal à l'aise, elle sentait son caractère impitoyable, ce qui la fit frissonner de nouveau.

Ils décidèrent de laisser le vieil ermite en paix, après tout, ils en avaient déjà appris beaucoup.

- Si nous allions chez-moi pour tout raconter à Céline ? Telle que je la connais elle doit bouillir d'impatience. Cela nous permettra de faire le point à chaud, précisa Éric.

En effet Céline leur ouvrit immédiatement la porte, ils s'installèrent tous autour de la cheminée et Sophie mit son appareil en marche. Ils écoutèrent tous avec la plus grande attention le vieil homme, certains prenaient des notes.

- Hum ! La voix de cet homme me fait une drôle d'impression, murmura Céline en les regardant.

- Il n'y a pas que la voix, pouffa Marc. Il mérite bien le nom d'ermite.

- Cela ne veut pas dire qu'il soit méchant, il n'est pas très sociable c'est tout, remarqua Nanny.

- En tout cas, on a beaucoup appris, affirma Zoé.

- C'est vrai, récapitulons, dit Amir. Nous avons donc la conviction que ce trésor se trouve près d'ici, où ? Cela reste encore un mystère. Autre fait important, la cargaison doit faire référence à un navire, peut-être que la Sainte TRINITÉ était son nom. Nous devons vérifier l'exactitude de ce fait.

- Je vais voir cela de suite, affirma Éric en se dirigeant vers son ordinateur. On doit bien trouver la liste de leurs bateaux.

Il pianota sur son clavier pendant quelques minutes, puis joyeusement tapa des deux mains sur son bureau.

- Euréka ! La Sainte TRINITÉ était bel et bien un de leurs navires.

- On sait ce qu'il est devenu ? S'empressa de demander Mathieu.

- Non ! Soupira Éric, cet homme avait raison, aucune trace de leur flotte, juste des suppositions. Elle s'est volatilisée. C'est fou quand même.

Zoé se leva et se pencha par-dessus son épaule.

- Quelles sont les dernières informations sur ce navire.

Éric recommença à taper sur son clavier pendant de longues minutes, prenant des notes de temps en temps.

- D'après les documents, il faisait escale à Marseille, et devait charger une cargaison, puis faire route vers le Portugal, mais il aurait reçu l'ordre de se diriger vers La Rochelle, comme nous l'a dit monsieur BAUDUIN. Cela coïncide, remarqua-t-il joyeusement.

- Donc, le coupa Céline, nous pouvons supposer que cette fameuse cargaison était la nôtre. Peut-être n'ont-ils pas eu le temps de la charger, d'où la seconde lettre demandant au chanoine de garder la clé.

- Hum ! Sait-on si ce navire a pu rejoindre le Portugal avant de disparaître ? Demanda Nanny

- Il est écrit sur ce document que le navire arriva fin octobre au Portugal. Mais je n'arrive pas à savoir où précisément, soupira Éric.

- Ce n'est pas grave, intervint Amir, j'ai un de mes cousins à Lisbonne, il pourra trouver des informations sur ce bateau, j'en suis persuadé.

- C'est pratique d'avoir une grande famille, remarqua Mathieu en souriant.

- Tu as raison, confirma Amir en lui faisant un clin d'œil. Ainsi nous saurons s'il est arrivé avec ses cales pleines. Il doit forcément exister un document le concernant. J'espère, dit-il en soupirant que notre trésor n'était pas à son bord, car alors…

- Eh ! Amir ce n'est pas le moment de jouer les défaitistes, murmura Zoé en mettant une main sur son bras. On retrouvera ton émeraude.

- Je me demande pourquoi NOSTRADAMUS avait envoyé les chercheurs de trésors en Espagne, je ne comprends pas, ils auraient dû partir au Portugal, fit remarquer Sophie, en fronçant les sourcils.

- Hum ! Supposons que pour une raison inconnue le trésor n'ait pas pu être chargé à Marseille, ils avaient trois possibilités, précisa Nanny.

- Lesquelles ? Demanda avec curiosité Mathieu.

Elle se leva, fit quelques pas, puis se retourna pour regarder ses amis en levant son pouce.

- Premièrement le mener à La Rochelle par la route, mais cela semblait dangereux avec les hommes du roi qui les pourchassaient. Personnellement je n'aurais pas choisi cette solution, et n'oublions pas que les Templiers étaient loin d'être des idiots. Deuxièmement, dit-elle en levant son index, ils ont dû envisager de se rendre directement au Portugal, ils devaient donc traverser l'Espagne, et NOSTRADAMUS espérait peut-être trouver des traces de ce périple, il avait probablement des contacts, des infos. Comme les chercheurs ont dû revenir bredouilles, il en aura conclu que le trésor devait être encore en place et…

Nanny s'arrêta un instant les yeux pétillants de malice, puis reprit avec un grand sourire.

- Voici la solution qui me semble la plus appropriée. Les Templiers qui étaient de fins stratèges, ont dû décider sûrement de tout laisser en place en espérant pouvoir le récupérer plus tard. Cela me semble évident, fit remarquer Nanny joyeusement. Voyez-vous j'aurais opté pour ce choix, qui était de loin le plus prudent.

- Mais de toute façon si les chanoines avaient la clé c'est que personne n'est revenu la chercher, donc le trésor logiquement est resté à sa place tout ce temps. Tu vois Amir, tout semble démontrer qu'il est encore-là, il faut juste y croire, murmura doucement Zoe en lui souriant.

Ils décidèrent de se séparer, ils en avaient déjà appris beaucoup mais au moment de partir, Zoé demanda à Sophie son enregistrement, quelque chose la chiffonnait.

CHAPITRE VIII

Ce soir-là en revenant chez-elle, Zoé fut surprise de voir autant de véhicules stationnés devant le Mas.

- Que se passe-t-il ? Demanda-t-elle à Nicolas qui venait de se garer à ses côtés.

- Je n'en ai aucune idée. Nanny ne m'avait pas prévenu d'une réunion des *Scientia Protectores Eius*.

Ils se dirigèrent vers la maison au moment où les membres de l'ordre sortaient, ils se saluèrent chaleureusement. Nicolas aperçut Jonathan il décida de l'interroger.

- Bonjour, je ne savais pas que vous aviez une réunion aujourd'hui ?

Celui-ci parut gêné, ce qui étonna Zoé.

- Heu ! C'était une réunion impromptue, mais je préfèrerais que votre grand-mère vous en parle directement, précisa-t-il avant de s'éloigner.

Nicolas de plus en plus stupéfait, se tourna vers Zoé qui haussa les épaules. Il hâta le pas vers le salon. Nanny s'y trouvait en compagnie de cinq hommes de haute stature qui l'entouraient.

- Tu les connais ? Demanda Zoé.

- Non, je ne crois pas. Viens on va rectifier cela immédiatement, conclut-il en lui faisant un clin d'œil.

- Grand-mère, tout va bien ? Dit-il en interrompant leurs messes basses.

Les hommes se retournèrent vers eux en les observant avec attention. Zoé déglutit avec peine. Ces individus tout de noir vêtus lui faisaient penser aux mens in black, c'était plutôt flippant.

Nanny, prit Zoé par la main et la présenta aux nouveaux venus.

- Voici cette incroyable jeune fille et mon petit-fils Nicolas.

L'un des hommes s'approcha, leur tendit une main énergique. Son regard perçant mit mal à l'aise Zoé. Mais qui étaient ces hommes ?

- Nous sommes heureux de faire votre connaissance. Je crois qu'il était écrit que nos routes se croiseraient un jour.

- Ah bon ! Balbutia Zoé incrédule. Mais que voulait-il dire ? Pensa-t-elle en fronçant les sourcils

Il se tourna vers Nanny la salua avant de sortir avec ses amis, sous les regards hébétés de Zoé et Nicolas.

- Mais enfin Nanny qui sont ces hommes ? Demanda-t-il avec empressement.

Celle-ci sourit tendrement, elle tenait ses deux mains serrées devant elle, ce qui étonna Zoé.

- Ce sont de nouveaux amis et des alliés très puissants.

- Des amis, Des alliés ? Mais pour quoi faire ?

- Vous venez de rencontrer des chevaliers des Templiers.

- Quoi ! S'exclamèrent en chœur Zoé et Nicolas.

- Mais c'est impossible, l'ordre a été anéanti, fit remarquer Nicolas.

- Non ! En fait ils ont créé de nouveaux ordres, ils se sont dispersés. Mais certains sont juste rentrés en clandestinité. N'oublions pas qu'ils avaient la richesse, la puissance, les connaissances et de nombreux appuis de par le monde. Disparaître était donc une chose facile pour eux.

- Mais pourquoi étaient-ils ici ? Je ne comprends pas, rétorqua Nicolas.

Nanny ouvrit doucement la main, une médaille rutilait dans sa paume.

- À cause de ceci, ils…

- Mais ce ne serait pas notre médaille ? La coupa Zoé.

- Exactement ! Nettoyée comme vous pouvez le voir. Ils sont venus me la remettre en main propre.

- Pourquoi ? Insista Nicolas.

- Voici la médaille du patron des Templiers, notre médaille ! Mais elle a meilleure allure.

- Comment se fait-il qu'elle soit en leur possession, Amir l'a envoyée dans un laboratoire spécialisé. Justement il attendait son retour.

- Eh bien ! Ils sont venus me la rapporter.

- Mais pourquoi ? Insista incrédule Zoé.

- Cette médaille est symbolique, elle représente Saint Michel, leur patron. D'après ce qu'ils m'ont dit, on remettait cette médaille à un chevalier avec des informations capitales, car il s'agissait alors d'un transport de la plus haute importance.

- Comme un trésor ? Demanda Nicolas.

- Exactement ! Les chevaliers en voyant cette médaille, comprenaient alors que cette mission était particulière, ils devaient alors prendre le maximum de précautions. Il semblerait donc que notre dix-septième cargaison fut très spéciale, d'une valeur inestimable, précisa avec un grand sourire Nanny.

- Mais que contenait exactement cette dix-septième cargaison ? Demanda Nicolas de plus en plus curieux.

- Je n'en sais rien, ils n'ont pas voulu me le dire. Lorsque cette médaille est arrivée dans ce laboratoire, ils en ont compris l'importance. Nous sommes sur la bonne piste ! Ils veulent s'assurer que nous les préviendrons dès que nous découvrirons le trésor.

- Quoi ! Ils veulent nous le prendre ? Mais nous devons récupérer l'émeraude pour Amir si nous réussissons cette quête, précisa Zoé.

Nanny leva la main pour les calmer.

- Ils sont au courant, à priori ce n'est pas ce qui les intéresse.

- Le trésor ne les intéresse pas ? Rétorqua éberlué Nicolas.

- Non ! Bien sûr, nous verrons avec eux le moment venu. Ne vous inquiétez pas, nous trouverons un arrangement et si l'émeraude en fait partie, elle reviendra à Amir je m'en suis assurée. Non ! Murmura pensive Nanny, j'ai l'impression qu'il y a quelque chose de plus important, de vital pour eux.

- Vital ! Répétèrent-ils étonnés.

- Oui, on ne me la fait pas ! J'ai bien vu leurs regards. Nanny les observa avec détermination. Il faut trouver ce trésor je veux savoir ce qu'il cache.

Zoé hocha la tête avec conviction, eux aussi mouraient d'envie de découvrir ce mystérieux trésor. Elle prit la médaille pour l'observer de plus près. Donc il s'agissait de Saint-Michel, une réponse de plus à leur énigme, pensa-t-elle en souriant.

- Mais comment ont-ils su ? Demanda Nicolas toujours aussi étonné.

- Ils surveillent tout ce qui touche à leur ordre. Dès qu'ils ont appris la présence de cette médaille, ils savaient qu'une personne menait des recherches prometteuses. Après tout on peut les comprendre c'est à eux, affirma Nanny. Ce qui m'a étonnée c'est qu'ils connaissaient beaucoup de détails nous concernant, surtout sur toi Zoé.

- M…Moi, mais pourquoi ?

- Hum ! Je ne sais pas, mais nous devrons le découvrir, répondit Nanny en pinçant les lèvres.

Cette réunion fut au cœur de leurs discussions pendant le repas. Ils avaient croisé la route des chevaliers des Templiers, leurs amis n'en revenaient toujours pas.

Zoé rentra chez-elle, mais elle était bien trop excitée par cette journée pour trouver le sommeil. Elle se tourna dans son lit en pestant, GRIMA vint se coller contre elle en ronronnant pour l'apaiser, elle le caressa, doucement.

- Tu te rends compte GRIMA de véritables chevaliers des temps modernes. Qui aurait cru qu'ils existaient encore, puis elle pouffa de rire. Oui, je sais on est mal placé pour en parler, nous qui sautons les siècles dans nos rêves, qui communiquons avec un homme mort depuis près de cinq cents ans. Tu as raison GRIMA on est sûrement pour eux aussi des phénomènes de foire.

GRIMA à ces mots, lui mordilla gentiment le doigt.

- Aïe ! Excuse-moi, je devrais plutôt dire, des personnes exceptionnelles, des voyageurs du temps, c'est plutôt cool tu ne trouves pas ? Zoé bailla à s'en décrocher la mâchoire.

Son sommeil fut agité le nom de Saint-Michel revenait en boucle, un saint, une église cela éveillait quelque chose dans sa mémoire mais quoi ? Elle se leva très tôt complètement éreintée par sa nuit.

- Bon sang ! GRIMA, dit-elle en lui servant sa gamelle, j'ai l'impression d'avoir sous les yeux la réponse à notre énigme, mais de ne pas parvenir à la déchiffrer c'est énervant.

Zoé soupira, puis se saisit de son téléphone pour vérifier l'heure.

- Allons déjeuner, ne faisons pas attendre Nanny et Nicolas.

C'était dimanche, la journée s'annonçait radieuse pour un début de mois de Février. Une ambiance joyeuse régnait autour de la table.

- Que comptez-vous faire aujourd'hui ? Demanda Nanny en se tournant vers eux.

- On va tous courir, Zoé tu veux venir avec nous ? Proposa Nicolas.

- Oh non ! Merci je tiens à ma vie. Je reprends en douceur, à mon rythme. Sophie va participer ?

- Oui, elle veut essayer, justement elle voulait que j'insiste pour que tu viennes, elle a peur de ne pas tenir la distance, précisa-t-il en grimaçant.

- Tu m'étonnes, répondit narquoise Zoé, vous êtes des pros, elle va souffrir, dis-lui que je l'attendrai avec des pansements et des serviettes bien chaudes.

- Au fait, elle me demandait si tu avais découvert un détail intéressant, en écoutant l'enregistrement.

Zoé haussa les épaules.

- En fait, je n'en ai pas eu le temps. Je…

Elle s'interrompit brusquement. Voilà ! Où elle avait entendu parler d'une église. Elle devait absolument vérifier.

- Il y a un problème Zoé ? Demanda inquiète Nanny.

Zoé regarda ses deux amis qui posaient sur elle un regard insistant.

- Non, non ! Rien de spécial, je viens juste de me rappeler d'un truc que je devais faire, vraiment rien d'important. Bon, je dois filer, à plus tard, conclut-elle en se levant précipitamment.

- Tu en es certaine Zoé, tu veux qu'on reste avec toi ? Insista Nicolas suspicieux.

- Et rater votre seul jour de congé, pas question ! Allez courir, détendez-vous, épuisez vos corps, je reste ici, alors aucune inquiétude à avoir, et GRIMA sera à mes côtés.

Elle sourit pour les rassurer et retourna vers son studio. Elle avait hâte de réécouter l'enregistrement.

Elle se lova dans son canapé, un carnet et un stylo à la main, GRIMA sauta sur ses genoux.

- Je pense, que tout est là, dit-elle en lui tapotant la tête avec son stylo. La réponse est dans cet enregistrement. GRIMA miaula puis se roula en boule sur ses genoux.

Elle écouta avec beaucoup d'attention les propos de monsieur BAUDUIN.

- Oh Yeees ! S'écria joyeusement Zoé en se levant, tu as entendu GRIMA.

Celui-ci la regardait d'un œil mauvais, mécontent d'avoir été réveillé un peu brusquement.

- Eh ! Ne fais pas ta mauvaise tête. GRIMA j'ai compris, il parle de l'église dédiée au patron de la chevalerie spirituelle donc... Saint-Michel. Il précise que c'est un haut lieu des Templiers tu comprends. Mais quel rapport avec NOSTRADAMUS ?

Zoé se mit à marcher de long en large, en fronçant les sourcils. Elle ressortit ses cartes avec les indices, puis les étala devant elle. Elle poussa de nouveau un cri, en mettant son doigt sur l'une d'entre elles.

- Bingo ! J'ai trouvé, rappelle-toi GRIMA le parchemin trouvé dans la boîte mystérieuse, NOSTRADAMUS y avait laissé un indice, il avait écrit *« dans le regard de mon jumeau puise la vérité »*. Supposons que son jumeau soit en fait, l'autre Michel, le saint patron. Son jumeau car ils ont le même prénom, cela pourrait indiquer cette église. Qu'en penses-tu ? Mais comment aurait-il su pour cet endroit ?

Zoé reprit son ordinateur portable et commença à relire la biographie de NOSTRADAMUS.

- Tout est là GRIMA, je n'en reviens pas.

Elle prit une feuille et commença à écrire tout en parlant à GRIMA.

- En mille cinq cent soixante et un, il fut appelé pour enquêter sur le vol et le massacre des chanoines d'Orange, mais c'est aussi exactement à ce moment-là, dit-elle à GRIMA, qu'il fut emprisonné à Marignane, juste à côté de cette église, elle entoura les dates avec son stylo. Un homme aussi brillant, aussi perspicace, n'a pas pu rater cette évidence, d'autant plus qu'il savait ce qu'il cherchait, des informations sur les Templiers. Il a dû entendre des récits ou des légendes, peut-être trouver des documents, ou alors ce sont les visions de son GRIMALKIN qui l'ont mené jusqu'à cette église. Peu importe GRIMA, j'en suis certaine, c'est bien là.

Zoé fit une boulette de son papier et la jeta sur la table.

- Si on réfléchit bien GRIMA cela tient la route, car on sait qu'il devait faire un voyage très périlleux de quatre à cinq jours pour retrouver ce trésor. À cette époque, la distance de Salon de Provence à Gignac prenait quoi ? Une journée, dit-elle en haussant les épaules, plus le temps des recherches sur place, allez disons… deux ou trois jours et le retour, tout semble coïncider. Je préviens les autres, conclut-elle toute joyeuse en prenant son téléphone, puis elle suspendit son geste.

- Zut ! Je ne vais pas gâcher leur matinée sportive. Hum ! Je vais d'abord vérifier par moi-même avant d'étudier avec eux plus précisément cette piste, et je sais qui va nous aider ! Cet horrible monsieur BAUDUIN.

GRIMA se redressa en grognant.

- Je sais moi aussi je ne l'aime pas beaucoup, mais je suis certaine qu'il connaît parfaitement cette église je veux la voir de près. Oh ! Mais j'y pense et si c'était le fameux bâtiment que je distinguais très mal dans mon rêve. Zoé tapa dans ses mains, emportée par son enthousiasme. Je dois voir cela au plus vite, et après on avertira tout le monde.

Elle téléphona au vieil ermite, il fut d'abord surpris par sa demande et accepta de la recevoir immédiatement. Zoé se saisit de ses clés, mais GRIMA fit barrage en lui bloquant la porte.

- Non ! Toi tu restes là, gros malin.

Il miaula plus fort en la fixant. Zoé soupira de plus belle.

- D'accord je serai prudente, et non je ne préviendrai pas Nanny je ne veux pas l'inquiéter. Tu as vu son regard ce matin ? Pas besoin de l'angoisser pour des bêtises, après tout je me trompe peut-être. Elle se baissa prit GRIMA dans ses bras et le déposa sur le canapé.

CHAPITRE IX

Ce fut le cœur battant que Zoé gara son véhicule devant la maison du vieil homme, celui-ci sortit de sa demeure en l'apercevant. Il semblait nerveux, agité et Zoé commença à douter de la pertinence de sa décision de venir seule. Puis elle secoua la tête, Nanny avait dit qu'ermite ne voulait pas dire agressif. Elle prit une grande respiration et s'approcha de lui.

- Je suis désolée de vous déranger, mais j'aimerais vérifier quelque chose, vous pourriez m'emmener voir cette église ?

- Que voulez-vous contrôler ? Reprit-il soupçonneux.

- Juste une théorie, c'est tout.

Il la toisa un long moment en silence, puis lui fit signe du menton de le suivre. Zoé lui emboîta le pas, il marchait quelques mètres devant elle, se retournant juste de temps en temps pour s'assurer qu'elle suivait. Zoé était de plus en plus mal à l'aise, des frissons le long de sa nuque, la mettaient en garde. Cet homme ne semblait pas serein, mais elle pouffa de rire discrètement, l'avait-il été un jour seulement ?

- Qu'est-ce qui vous fait rire ? L'interrompit-il sèchement.

- Oh ! Oh ! Rien je me disais juste que si mes amis me voyaient ils n'en reviendraient pas. J'ai refusé de marcher avec eux ce matin et me voilà randonnant dans cette colline.

- Vous n'avez pas prévenu vos amis ?

- Non ! Je ne voulais pas les déranger ils étaient tous occupés. À peine avait-elle dit cela que Zoé se serait giflée, quelle idiote ! Déjà qu'elle n'était pas à l'aise avec lui, maintenant il savait que personne n'était au courant de sa venue. Zoé déglutit avec peine, elle ne devait surtout pas laisser ses peurs la dominer.

L'homme s'arrêta brusquement et Zoé faillit lui rentrer dedans, il pointait du doigt une construction sur le sommet d'une colline.

- Voici la fameuse église des Templiers.

Zoé resta un long moment à l'observer silencieusement. Son cœur battait de façon anarchique, ses mains étaient moites. Ce bâtiment ressemblait étrangement à celui qu'elle apercevait dans son rêve, du moins une partie seulement car il paraissait moins imposant. Elle devait s'en assurer.

- On peut s'en approcher ? Je voudrais la voir de plus près. C'est étrange, cela ne ressemble pas à une église.

- Elle fut construite par les Templiers mais elle possède une particularité, c'est une église fortifiée.

- Pourquoi avoir fait une église fortifiée ?

Il éclata d'un rire effrayant, qui raviva les peurs de Zoé.

- Avec les Templiers on se pose beaucoup de « pourquoi » vous savez. Toutes ces questions restent souvent sans réponses. Mais il suffit de regarder autour de l'église, c'était un emplacement stratégique, les Templiers dominaient tous les alentours.

Zoé hocha la tête et hâta le pas, elle voulait confronter son rêve à la réalité. Ils s'arrêtèrent juste devant la construction. Zoé ne put contenir sa joie.

- C'est exactement comme dans mon rêve, c'est bien ici ! S'exclama-t-elle les yeux pétillants de plaisir.

- De quoi parlez-vous ?

- Du tré… enfin je veux dire que cela confirme mes théories, c'est tout. Bon ! Je crois que nous pouvons retourner chez-vous. Je ne veux surtout pas vous déranger plus longtemps. Je dois prévenir mes amis.

L'homme l'observa un long moment silencieusement, en plissant les yeux, il se frotta le menton.

- Avant que vous ne partiez, j'aimerais vous montrer quelque chose.

Zoé qui sentait la tension émaner de cet homme, voulut esquiver sa proposition.

- Oh ! Une prochaine fois peut-être, avec mes amis. Cela les intéressera sûrement aussi.

- Non ! Juste une minute. Ce n'est pas loin et cela concerne les Templiers, vous devez voir cela.

Zoé se mordilla les lèvres. Après tout, il n'avait rien fait de mal jusqu'à présent, c'était juste ses angoisses qui la paralysaient. Elle prit le temps de réfléchir quelques minutes, peut-être que cela pouvait être important pour leur enquête, elle hocha donc la tête, et commença à le suivre.

Il marchait vite et semblait de plus en plus nerveux. Il l'emmena sur un autre versant de la colline.

- Je vais vous montrer une de mes découvertes majeures, la fameuse grotte de la *cabro d'Or.*

- Oh ! Mais je croyais que personne n'en ressortait vivant ? Lui fit-elle remarquer le cœur battant.

Il éclata d'un rire guttural, qui provoqua des frissons d'appréhension le long de la colonne vertébrale de Zoé.

- Venez ! Entrez par-là, dit-il en lui indiquant une petite ouverture dans la roche.

- Je… je ne sais pas si c'est très prudent, je n'aime pas les endroits clos.

- Je suis juste derrière vous, n'ayez aucune crainte, je connais cette grotte comme ma poche.

Il était si insistant que Zoé commença à avancer doucement. Il faisait très sombre. Que voulait-il donc lui montrer ? Sûrement pas le trésor, puisqu'il ne l'avait jamais trouvé.

- On … on devrait faire demi-tour, mes amis vont s'inquiéter.

- Plus que quelques mètres, vous ne le regretterez pas, dit-il en la poussant légèrement.

Zoé avança en tâtonnant dans cette grotte obscure, quand elle ressentit une violente poussée dans son dos. Elle ne put se retenir et tomba dans un trou en hurlant.

Elle voulut se relever, mais sa cheville pulsait douloureusement, elle porta une main à sa tête et constata qu'elle saignait. Son horrible cauchemar lui revint comme un boomerang en pleine tête. Quelle idiote ! Pourquoi avait-elle négligé cette mise en garde ? Et la réaction de GRIMA au moment de son départ aurait dû l'alerter, mais non ! Comme d'habitude, emportée par l'exaltation de sa découverte, elle n'avait pensé à rien, voulant juste vérifier sa théorie.

Elle hurla, appela monsieur BAUDUIN, mais elle n'entendit que des pas précipités décroître. L'homme l'abandonnait là. Zoé sortit son téléphone de sa poche, mais celui-ci s'était brisé dans sa chute, elle en pleura de rage. Elle se redressa, chercha une prise pour sortir de ce trou, c'était comme dans son rêve, un véritable piège. Zoé se recroquevilla sur elle-même en pleurant. Elle passa sa main sur son visage, essuyant ses larmes.

Ses amis et GRIMA ne l'abandonneraient pas, oui mais, combien de temps allait-elle rester ici ? Elle commença à grelotter. Essayant de se rappeler du moindre indice de son rêve. Ne surtout pas paniquer, ils allaient venir, c'était certain.

Zoé se mit à chanter, pour rompre ce silence si angoissant, se donner du courage. Elle devait occuper son esprit pour ne pas le laisser amplifier ses peurs. La bonne nouvelle était la découverte de cette fameuse église, c'était un point essentiel.

Une autre pensée la fit sourire. Elle allait enfin apercevoir le visage de son amoureux, puisqu'il serait son sauveur. GRIMA pouvait bien lui faire ce petit cadeau avec tout ce qu'elle endurait, mais sa conscience la titilla, car après tout, ce qu'elle vivait était entièrement de sa faute, GRIMA avait tenté de la retenir.

- Oh ! GRIMA, aide moi, préviens nos amis s'il te plait. Je te promets de mieux t'écouter la prochaine fois, supplia-t-elle doucement.

***

Un brouhaha joyeux retentit à l'extérieur et Nanny se leva pour accueillir les sportifs de retour de leur jogging.

- Alors ma pauvre Sophie, ils ne t'ont pas trop épuisée ?

- Oh ! Nanny j'aurais dû faire comme Zoé, je suis morte. Ils ne savent pas ce que le mot ralentir veut dire. J'avais beau le répéter sur tous les tons, rien à faire, à croire qu'ils sont sourds. Au fait où est Zoé ? Demanda-t-elle en regardant derrière Nanny.

- Normalement chez-elle, Zoé voulait vérifier quelque chose. Mais son attitude était plutôt étrange, n'est-ce pas Nicolas ?

- Vous n'avez pas insisté pour savoir quel était le problème ? Intervint Mathieu très inquiet.

- Tu connais Zoé, elle peut se montrer très mystérieuse, répliqua Nanny en fronçant les sourcils.

- Bon ! Je vais la chercher, indiqua Mathieu en faisant volte-face vers le studio.

Au bout de quelques minutes, il rejoignit tous ses amis dans le salon.

- Alors qu'est-ce qu'elle fait ? Demanda Sophie intriguée de le voir tout seul.

- C'est étrange, elle n'était pas là, et elle ne répond pas au téléphone, murmura-t-il d'une voix angoissée.

Nanny perçut immédiatement leur inquiétude, elle voulut se montrer rassurante.

- Elle est sûrement partie faire une course, attendons un peu avant de paniquer.

- Oui, mais la mise en garde, disait… coupa Nicolas

- J'ai dit, attendons ! Zoé est maline, elle connaissait cet avertissement, elle n'aurait rien fait d'imprudent, j'en suis persuadée.

Marc se leva, et passa ses mains dans ses cheveux.

- Je rentre chez-moi pour prendre une douche, et je reviens avec mon bébé, ma petite princesse Miya, nous attendrons ainsi le retour de Zoé.

Nanny malgré son angoisse sourit en voyant l'attachement de Marc pour sa petite protégée.

- Je vois que tu l'aimes beaucoup ta petite princesse, dit-elle gentiment.

- Non mais je vous assure Miya est d'une intelligence redoutable, elle comprend tout d'un regard, je n'en reviens pas. Je ne sais pas comment je faisais pour vivre sans elle avant.

Ils pouffèrent tous de rire.

- C'est la magie des chats ! Affirma Nanny. On croit les détester, on pense que ce sont des êtres insensibles, égoïstes, mais lorsqu'on fait l'effort de les connaître, on découvre le monde fascinant des petits félins. Bon ! File la chercher j'ai hâte de la revoir, elle a dû bien changer.

Ils regardèrent Marc partir, puis Nicolas se tourna vers sa grand-mère.

- Ce matin elle était vraiment étrange, je suis très inquiet Nanny, je sens que cette absence n'est pas normale.

Celle-ci se mordilla les lèvres.

- En cas de besoin, elle vous aurait appelé sur vos téléphones, alors patientons encore un peu.

Marc revint avec sa petite princesse Miya, ses pitreries allégèrent l'atmosphère lourde. En milieu d'après-midi, l'anxiété était à son paroxysme.

- Je n'en peux plus d'attendre ainsi sans rien faire, s'écria avec humeur Mathieu. Je vais voir dans son studio s'il y a un indice.

- Je viens avec toi précisa Amir en se levant.

Mais tous s'étaient levés, ainsi que Nanny.

- On va tous chercher un indice, et crois-moi à son retour, je vais lui passer un sacré savon, pour la peur qu'on aura eue, affirma avec détermination Nanny.

Lorsqu'ils ouvrirent la porte de son studio, ils virent GRIMA installé sur la table basse, il les fixa d'un regard vert intense.

- Toi aussi tu es inquiet, murmura Nanny en le caressant. Ce n'est pas normal, il a dû se passer quelque chose. Soyez méticuleux dans votre inspection, dit-elle en regardant tous ses amis.

Marc posa au sol Miya, celle-ci se mit à jouer avec une boulette de papier, mais GRIMA, la repoussa un peu fort.

- Eh ! GRIMA c'est un bébé, précisa Marc en reprenant Miya dans ses bras.

- C'est étonnant, c'est un chat très doux, cela ne lui ressemble pas, murmura Nanny en l'observant.

GRIMA la regardait intensément, il avait la boulette de papier entre ses pattes.

- C'est quoi ça ? Interrogea Amir en ramassant le morceau de papier. Oh ! C'est l'écriture de Zoé.

Ils se penchèrent tous vers le papier.

- On dirait qu'elle a retracé une chronologie des faits, elle a entouré le nom Michel et regardez, elle fait référence à l'église de Gignac. Vous croyez, qu'elle aurait pu aller là-bas toute seule ? S'inquiéta Sophie.

Nanny tapa du sol avec sa canne plusieurs fois, en réfléchissant.

- Hum ! À mon avis elle aura demandé l'aide de la seule personne compétente dans ce domaine.

- Qui ? Paul ? Intervint Mathieu en sortant son téléphone.

- Non ! Ne le dérange pas, ce n'est pas la peine d'inquiéter tout le monde. Je pensais plutôt à monsieur BAUDUIN.

- BAUDUIN ! S'écria stupéfaite Sophie. Mais il fait peur cet homme. Pourquoi Zoé lui aurait demandé de l'aide ? Et pourquoi ne pas nous avoir prévenus ?

- Ne t'inquiète pas ma puce, on va la retrouver, murmura tendrement Nicolas en mettant son bras autour des épaules de Sophie.

- Zoé savait que nous étions tous ensemble à courir, elle a dû vouloir vérifier quelque chose avant de nous en parler, précisa Amir.

- Au point d'ignorer la mise en garde ? Le coupa Mathieu en colère. Il sortit son téléphone pour joindre le vieil ermite, mais celui-ci ne répondit pas. Désespéré il secoua tristement la tête en regardant Nanny.

- On va s'assurer de cela de suite, allons rendre visite à monsieur BAUDUIN, je préfère aller le voir directement. Nanny on te tiendra au courant, précisa Nicolas en se tournant vers elle.

Celle-ci haussa les sourcils.

- Non ! Mais ça ne va pas ! Je viens avec vous. Je vais lui parler moi à ce vieux grincheux. Alors vous attendez quoi ! En voiture les jeunes.

Au moment de partir GRIMA sauta sur le capot de la voiture de Nicolas.

- Oh ! Mais cela devient une habitude, rouspéta Sophie.

Les autres éclatèrent de rire.

- Il s'inquiète aussi, précisa Nanny, prenons-le avec nous. Il sera peut-être utile.

Sophie jeta un coup d'œil à Marc qui tenait la petite princesse Miya dans ses bras.

- Cela recommence comme la dernière fois. On dirait une ménagerie, pouffa-t-elle de rire, et voilà qu'on a un chat de plus maintenant, reprit Sophie en secouant la tête.

- Ils font partie de nos vies, ma puce, et puis c'est grâce à eux si nous avons trouvé cet indice. Allez en route, ne perdons pas plus de temps.

CHAPITRE X

En arrivant devant la maison de l'ermite, ils remarquèrent de suite la voiture de Zoé.

- Nous avions raison s'écria joyeusement Sophie.

- Oui, mais pourquoi ne répond-t-elle pas au téléphone ? Et je te signale que nous ne la voyons toujours pas, précisa Mathieu en fronçant les sourcils.

- Oh ! Arrête de jouer les grincheux, regarde ! Tu finis par avoir une ride verticale, pouffa Sophie en mettant son doigt dessus.

Ils se précipitèrent hors du véhicule, Amir frappait déjà à la porte du vieil homme, mais personne ne répondit.

- C'est étrange quand même la nuit tombe, il devrait être chez lui précisa Marc. Sans compter que la voiture de Zoé étant ici, elle devrait y être également. Je n'aime pas ça, j'ai un mauvais pressentiment.

- Oh ! Regardez, les coupa Nanny en pointant son doigt vers un versant de la colline. Cet homme au loin tout courbé, ce ne serait pas notre ermite ?

- Oui Nanny tu as raison, répliqua Nicolas, mais où est Zoé ? Venez, nous allons le rattraper, grand-mère attend-nous au chaud dans la voiture.

- Et puis quoi encore ! Tu me prends pour qui ? Je viens avec vous. Tu le sais bien, ma canne fait partie de mon personnage. Je peux encore grimper la colline.

Sophie pouffa de rire, et mit son bras sous le sien.

- Rattrapez-le ! On vous rejoint avec Nanny. Qui oserait penser que vous êtes âgée Nanny ? Vous êtes unique ça oui ! Affirma-t-elle, en lui faisant un clin d'œil.

Mathieu mit GRIMA dans son blouson pour le protéger du froid, puis les garçons s'élancèrent à la poursuite du vieil homme, qu'ils rattrapèrent en peu de temps.

- C'est étrange Sophie, murmura Nanny, tu as vu ? Lorsqu'il a aperçu les garçons il a accéléré le pas. Oh ! Je n'aime pas ça du tout. Qu'a-t-il fait de ma petite Zoé ?

Sophie, inquiète se mordilla les lèvres.

- S'il a touché une mèche de ses cheveux, je lui fais la misère, il s'en souviendra, menaça-t-elle avec colère, et vous savez Nanny comme je peux être redoutable. Il va m'entendre ce vieux fou !

Nanny et Sophie rejoignirent le groupe, le vieil homme se tenait assis sur un rocher la tête entre les mains.

- Il ne veut rien dire, s'écria Mathieu très en colère.

Nanny s'approcha et de sa canne lui donna un petit coup sur la jambe.

- Qu'avez-vous fait de Zoé ? Arrêtez de nous faire perdre du temps.

L'homme se tassa un peu plus sur lui-même. Nanny prit une grande respiration.

- Nicolas, appelle la police, tu as le numéro de Jonathan, dis-lui de venir immédiatement, l'heure est grave. Toi Mathieu, appelle Martine et Paul, Amir tu préviens Éric, mais surtout qu'il n'en parle pas à Céline, elle arrive en fin de grossesse, nous ne devons pas l'angoisser.

Sophie s'approcha du vieil homme et lui donna une tape sur l'épaule.

- Ma parole si tu as touché un seul de ses cheveux, je vais te réduire en cendres.

- Eh ! Ma puce, laisse, il va parler, précisa Nicolas en la faisant reculer légèrement.

Nanny s'installa à ses côtés sur un rocher, d'une main elle resserra le col de son manteau, le froid était mordant à la nuit tombée.

- Qu'avez-vous fait ? J'espère que vous ne lui avez pas fait de mal, insista Nanny.

L'homme releva enfin la tête, il avait un regard hagard.

- J'ai … j'ai paniqué, murmura-t-il doucement.

- Et alors ? Comment ça, *j'ai paniqué* ? Tu as fait quoi ? S'écria Mathieu.

- Chuuut ! Du calme les enfants, et alors, que s'est-il passé ? Reprit doucement Nanny en mettant une main sur son bras.

L'homme commença son récit, l'arrivée enthousiaste de Zoé, ses yeux pétillants en croyant avoir une piste pour le trésor.

Il releva la tête et regarda intensément Nanny.

- Vous comprenez, j'ai arpenté ces collines toute ma vie à la recherche de ce trésor, et vous débarquez de nulle part avec de nouvelles pistes prometteuses. J'ai compris qu'elle savait. Cinquante ans de ma vie, vous vous rendez compte, cinquante ans ! Et voilà que des jeunes débarquent et vont me souffler mon trésor sous mon nez.

- Premièrement ce n'est pas *TON* trésor, espèce de vieux fou ! Intervint belliqueuse Sophie.

L'homme la regarda en silence un long moment, puis soupira.

- Vous avez raison, mais j'ai eu l'impression d'avoir tout à coup gâché toute ma vie, j'ai pris peur. J'ai fait un truc complétement idiot.

- C'est-à-dire ? Le coupa Amir devenu subitement blême.

- Je… je venais de réaliser toute la bêtise de mon geste, et là, je retournais pour la chercher.

- Comme par hasard, s'écria furieux Marc.

- Non, non je vous assure. Venez nous allons la rejoindre.

Ils se levèrent tous et reprirent leur chemin sur un versant escarpé de la colline.

- Cela va aller Nanny ? S'inquiéta Nicolas qui l'aidait avec Sophie à avancer.

Celle-ci, était essoufflée, mais très déterminée.

- Bien sûr ! Allons dépêchons-nous, qu'on retrouve cette pauvre petite au plus vite.

Le vieil homme s'arrêta devant l'entrée d'une grotte.

- C'est là !

Nanny s'approcha doucement.

- Votre fameuse théorie sur la légende de la *cabro d'Or* ?

- Oui, mais j'ai compris en voyant Zoé que je faisais fausse route. Si vous aviez vu, son regard, il brillait de mille feux, elle avait compris. Je suis persuadé qu'elle a trouvé l'emplacement du trésor.

- Bon ! Où est-elle ? Le coupa Amir

- Suivez-moi, murmura-t-il en s'engouffrant dans la grotte.

- Nanny, Sophie vous attendez là, affirma Nicolas avec détermination.

- Tiens Sophie, précisa Mathieu, je te confie GRIMA, dit-il en lui mettant celui-ci dans les mains. Marc fit de même avec Miya.

- Eh ! Je n'ai que deux bras moi ! S'exclama Sophie en essayant de les tenir à l'abri du vent.

Les garçons et le vieil homme entrèrent dans cette grotte lugubre, mais à peine étaient-ils partis, que GRIMA sauta des bras de Sophie pour les rejoindre.

Zoé entendit d'abord un brouhaha, puis des pas précipités, elle se releva brusquement le cœur battant, ils arrivaient enfin. Elle releva la tête essayant de percer l'obscurité. Entendre les voix de ses amis chassa l'angoisse de son cœur, elle cria très fort. Zoé avait hâte de sortir de ce trou. Elle réalisa cependant qu'une autre pensée taraudait son esprit, quel visage allait-elle percevoir en premier ? Elle se mordilla les lèvres, ce n'était pas le moment de penser à cela, mais elle trépignait d'impatience, dévorée par la curiosité. Les pas se rapprochaient, tout à coup elle aperçut la tête de Marc, Mathieu et Amir, en même temps. Elle en resta bouche-bée, décidément GRIMA ne cessait de se jouer d'elle.

Il apparut à son tour, son regard vert perçant semblait beaucoup plus brillant que d'habitude. Une douce chaleur se répandit dans son cœur, son cauchemar prenait fin.

- Comment va-t-on la sortir de là ? Interrogea Amir en étudiant les parois lisses.

- Quittez vos blousons, nous les attacherons ensemble pour l'aider à monter puis on lui attrapera le bras pour la sortir, précisa Nicolas.

- Zoé tu as bien compris ? Tu vas bien ? Lui cria Mathieu en quittant son blouson.

Celle-ci hocha la tête, trop heureuse de s'évader de ce trou.

- Vous avez-vu la hauteur ? Murmura Amir à ses amis. Il y a près de trois mètres, il aurait pu la tuer ce vieux fou, dit-il en regardant le vieil homme qui se tenait penaud derrière eux.

Il leur fallut quelques minutes pour extraire Zoé de sa prison. Elle s'appuya contre Mathieu tellement soulagée. Ils se congratulèrent heureux de se retrouver.

Bien sûr, elle n'avait jamais douté que ses amis la sauveraient, mais elle n'avait aucune idée du temps qu'elle devrait passer dans ce trou, ce qui avait été effrayant. Elle sentit un frôlement contre sa jambe, c'était GRIMA. Elle se pencha et le prit dans ses bras en enfouissant son visage contre sa fourrure.

- J'aurais dû t'écouter GRIMA, si tu savais comme je regrette, dit-elle en pleurant doucement.

- Ouais ! C'est bien vrai ! C'est quoi que tu ne comprends pas dans *« sois prudente Zoé, c'est une mise en garde »,* bougonna Mathieu.

Elle releva la tête, et d'une main essuya ses yeux.

- Je suis désolée, tellement désolée, si vous saviez comme je regrette, je voulais juste ne pas vous déranger pour rien, murmura-t-elle doucement entre deux sanglots.

Mathieu ému par sa détresse se racla la gorge.

- C'est bon ! Mais attends-toi à un sacré savon de la part de Nanny, et entre nous, c'est amplement mérité.

Amir s'approcha et la regarda plus attentivement.

- Mais tu es blessée, tu as une plaie à la tête et tu ne poses pas ton pied. Nous devons t'emmener au plus vite te faire soigner.

Marc se retourna furieux, pour dire ses quatre vérités au vieil homme, mais celui-ci avait disparu. Nicolas mit sa main sur son bras.

- Laisse ! Ne t'inquiète pas, Sophie l'empêchera de s'enfuir. Je connais mon chaton en colère, à mon avis le vieil ermite fera demi-tour, il préfèrera nous affronter dit-il en lui faisant un clin d'œil.

Nicolas et Mathieu aidèrent Zoé dont les membres étaient engourdis, à sortir de cette grotte. Dès qu'ils furent dehors, Marc se précipita vers le vieil homme encadré par Jonathan et Éric.

- Espèce de vieux bâtard, tu aurais pu la tuer, dit-il en le menaçant d'un doigt.

- Marc s'il te plait, évite les grossièretés je te prie, le coupa Nanny, qui se précipita avec Sophie vers Zoé.

- Oh ! Ma pauvre, s'écria celle-ci, en plus tu es blessée. Il mériterait une bonne raclée.

- Tss ! Tss ! Tss ! On se calme les jeunes. Jonathan et Éric viennent d'arriver, mais Paul et Martine nous attendent devant la maison du vieil ermite. Je propose que nous redescendions tous là-bas. J'ai hâte de m'installer devant un bon feu de cheminée. Zoé pourras-tu marcher ? Demanda-t-elle inquiète en la regardant. On devrait peut-être appeler une ambulance ?

Celle-ci secoua la tête vivement, grimaçant sous la douleur.

- Non ! Non ! J'ai juste besoin de me réchauffer, c'est une bonne idée Nanny. J'ai dû rester longtemps dans cette grotte, dit-elle en regardant le ciel étoilé au-dessus de sa tête.

- Pourquoi ne pas avoir appelé, cela ne passait pas dans la grotte ? Demanda Sophie curieuse d'en savoir plus.

- Non ! Mon téléphone s'est cassé dans la chute, je n'avais aucun moyen de vous joindre.

Marc furieux se retourna une nouvelle fois vers le vieil homme.

- Ma parole tu vas lui rembourser son téléphone, espèce de vieux…

- Hum ! Hum ! Marc ce n'est pas possible ! Bien sûr je comprends ta colère. Ce vieux gredin va le payer crois-moi, dit-elle en fusillant le vieil homme d'un regard peu amène.

- Un gredin ! Mais enfin Nanny on n'utilise plus ce mot de nos jours, répliqua Marc toujours aussi furieux. Et puis ce n'était pas dans le top ten des insultes ce truc à votre époque ?

- Mais pas du tout, c'était une insulte acceptée et tolérée, ça n'a rien à voir avec ton langage fleuri, insista Nanny avec un sourire en coin.

Marc pouffa de rire comme ses amis. Il adorait Nanny et ses manières d'un autre âge.

La tension nerveuse redescendait, ils avaient retrouvé Zoé vivante.

Le retour se fit plus doucement, chaque pas était une torture pour Zoé, mais apercevoir au loin la demeure du vieil homme, la soulagea. Martine et Paul se précipitèrent vers elle l'embrassant tout en exprimant leur inquiétude et leur joie.

Zoé s'installa confortablement dans un canapé face à la cheminée, encadrée par Nanny, et Sophie qui lui prit la main.

- Et lui, que va-t-il devenir ? Demanda Mathieu en levant le menton vers le vieil ermite.

Jonathan le regarda un long moment en silence.

- Il y aura plusieurs chefs d'inculpation, enlèvement, séquestration sans oublier les blessures. Il n'est pas près de courir après son trésor, conclut-il fermement.

Le vieil homme se tassa un peu plus sur lui-même, il releva la tête et croisa le regard de Zoé.

- Je… je suis tellement désolé, je n'ai pas réfléchi, j'ai vu rouge, quand j'ai compris, que vous étiez sur la bonne piste. En fait j'ai perdu la tête.

- Il ne manquait plus que ça ! Garde ça pour le tribunal, vieux fou ! S'écria Marc furieux.

- Non ! Je suis sincère. Vous savez… Je venais de réaliser mon acte et je retournais pour vous aider, dit-il implorant.

- Sans corde et sans matériel ? Vous nous prenez pour des idiots, fit remarquer Amir d'une voix glaçante.

Le vieil homme secoua la tête doucement.

- Je n'avais même pas réfléchi à ça, soupira-t-il. Je crois que ce trésor m'a fait perdre totalement la tête. Vous avez raison, je mérite d'être sévèrement puni. Je tenais à m'excuser Zoé, pour tout.

Tout le monde se tourna vers Zoé. Celle-ci regardait les flammes silencieusement caressant d'une main distraite GRIMA. Elle s'humecta les lèvres. Martine à ses côtés lui nettoyait la plaie, elle la remercia d'un sourire, puis releva la tête vers le vieil homme.

- Je comprends.

- Quoi ! Comment ça tu comprends ? Il n'y a rien à pardonner Zoé il t'a agressée, il doit payer. S'insurgea Mathieu.

Un brouhaha de contestation, se fit entendre. Zoé leva la main. Nanny tapa du sol avec sa canne.

- S'il vous plait, écoutons Zoé.

- Ce trésor nous change, je ne sais pas pourquoi. Marc tu l'as dit toi-même, Amir et Mathieu aussi. Vous imaginez, si nous avions passé cinquante ans de notre vie à le chercher et qu'un beau matin une personne arrive et du premier coup le dérobe sous nos yeux. Comment aurions-nous réagi ?

Elle poussa un long soupir avant de continuer.

- Cette quête est devenue pour lui une obsession. Toute sa vie tourne autour de ce trésor. Regardez sa maison, il y a partout des cartes, des objets, des indices, il ne vit que pour ça. Peut-être sommes-nous arrivés comme des conquérants, sans tenir compte de son ressenti.

Tout le monde se regarda semblant réfléchir à ces propos.

- Que veux-tu faire alors ? Demanda Nicolas.

- Je ne veux pas porter plainte, affirma-t-elle en fixant Jonathan.

Celui-ci éberlué observa à son tour Nanny, qui hochait la tête compréhensive comme d'habitude.

- J'ai une proposition à vous faire, mais je veux connaître d'abord sincèrement votre avis. Vous me devez bien ça, continua Zoé en le dévisageant avec attention.

- Quoi ! Non mais je rêve, l'interrompit Sophie. Cet homme aurait pu te tuer Zoé ! Il mérite la prison.

Zoé la regarda tendrement, Sophie était une amie sincère, puis elle se tourna de nouveau vers le vieil ermite.

- Que feriez-vous de ce trésor ? C'est pour vivre dans le luxe ?

Le vieil homme la regarda intensément.

- Non ! Plus à mon âge, dit-il avec un sourire triste. J'ai quatre-vingt-deux ans. Je veux me prouver que je n'étais pas dans l'erreur, que les Templiers avaient vraiment laissé un trésor près d'ici. Juste avoir la certitude que ma quête n'était pas vaine, c'est tout. Mais cela ne méritait pas de vous mettre en danger.

- Que comptes-tu faire ? Demanda Jonathan en l'étudiant attentivement.

Zoé était exténuée, ses boucles blondes emmêlées collaient sur ses tempes. Son visage était d'une pâleur extrême, de grands cernes ombraient son regard, mais ses yeux bleus exprimaient une détermination sans faille. Elle releva la tête détaillant chacun de ses amis avant de poursuivre.

- Nous avons tous une bonne raison de retrouver ce trésor. Nous pour aider Amir et pour avoir la joie de trouver un vrai butin. Bien sûr il y a aussi le plaisir de résoudre cette énigme, n'oubliez pas que c'est notre mission principale. Les Templiers eux, veulent récupérer ce qui leur appartient, et ce vieil ermite, désire se prouver qu'il avait raison.

- Vous avez-vu des Templiers ? S'exclama avec surprise monsieur BAUDUIN.

Zoé le regarda en souriant.

- Et alors, je ne comprends pas où tu veux en venir ? Répliqua Martine en fronçant les sourcils.

- J'ai compris, intervint Paul avec un doux sourire en regardant Martine. Zoé pense que nos objectifs étant différents, nous pouvons donc tous nous entraider, car chacun obtiendra ainsi ce qu'il désire le plus. C'est bien ça Zoé, j'ai raison ?

Elle hocha la tête, en observant de nouveau tous ses amis.

- GRIMA m'a appris une chose, c'est en collaborant que nous sommes les plus forts. Cette quête n'est pas facile, les Templiers étaient rusés et très intelligents, il ne faut rien négliger.

- Dommage que tu aies omis la prudence, la coupa Nanny en grimaçant.

- Oui, pouffa de rire Zoé, et je l'ai payé cher, une leçon que je ne risque pas d'oublier. Voilà pourquoi, je pense qu'au lieu de se déchirer, nous devrions travailler ensemble. Nous n'obtiendrons jamais rien par la division, ça c'est aussi une leçon du grand maître, hein ! GRIMA, dit-elle en le caressant.

- Ah ! Ça me fait mal au c... bougonna Marc

- Non mais je rêve Marc ! S'insurgea Nanny.

- Eh bien ! Quoi ! C'est la vérité Nanny, avec tout ce qu'il a fait, il ne serait pas puni ? Rétorqua-t-il furieux.

- Qu'attends-tu de nous exactement ? Intervint Nicolas en observant Zoé.

- Unissons toutes nos connaissances, et nous vaincrons ce mystère, affirma-t-elle avec détermination.

- Ouais ! Bien moi je garderai un œil sur ce vieux fou, insista Sophie en croisant les bras.

- J'espère que vous vous rendez compte de la chance qui vous est donnée, intervint Jonathan en regardant le vieil ermite. Si Zoé portait plainte, vous finiriez vos jours en prison. Adieu votre chasse au trésor.

L'homme hocha la tête humblement.

- J'en ai conscience, merci Zoé vous êtes une belle personne.

- Trop bonne oui ! Éructa Mathieu mécontent.

- Tu verras Mathieu, Marc et tous ceux qui doutent de cette décision. Je crois que plus qu'un mystère, ou une énigme à résoudre, NOSTRADAMUS nous lance des défis. Nous devons nous adapter à chaque fois aux difficultés, savoir se servir sans rancune ou mépris de tous ceux que nous croisons sur notre route. Unir nos forces pour découvrir les mystères, *ensemble.* Je crois que cela devait être un de ses mots favoris, pouffa-t-elle en les regardant.

- Bon ! Nous allons donc tous rentrer chez-nous, la journée a été épuisante, affirma Nanny, et merci à tous pour votre aide.

Zoé se releva péniblement et regarda une dernière fois le vieil homme.

- On vous recontactera, nous le trouverons ensemble ce trésor.

Sophie fit signe avec son index et son majeur qu'elle le gardait bien à l'œil, ce qui fit sourire Zoé.

Jonathan vint la saluer avant de s'en aller.

- Vous êtes une personne incroyable, j'ai une chance inouïe de vous connaître Zoé et j'en suis très fier. Ne changez surtout pas.

Tout le monde la regarda silencieusement en hochant la tête.

Dans la voiture le silence régnait, la fatigue terrassait tout le monde. Cette journée avait été cauchemardesque, ils en revivaient chaque scène au ralenti. Nanny se tourna vers Zoé assise à ses côtés, elle posa sa main parcheminée et tremblante sur celle de Zoé.

- Je comprends pourquoi NOSTRADAMUS t'a choisie, c'était un choix judicieux, pertinent, tu as beaucoup d'intelligence, mais aussi de cœur Zoé.

CHAPITRE XI

De retour chez-elle, Zoé s'empressa de se coucher, avec GRIMA lové contre elle. Trop d'évènements, de stress, elle se sentait épuisée. Le sommeil fut long à venir, elle refit une nouvelle fois ce rêve étrange, apercevant ces hommes, les Templiers descendant un chemin en portant des tonneaux, et l'église qui se dressait fièrement au sommet de la colline. Elle se réveilla bien déterminée à continuer leur quête.

- GRIMA on approche, mais ça tu le sais mon grand. Je dois visiter cette église le plus vite possible.

Il poussa un long miaulement, en la regardant. Zoé pouffa de rire.

- Non ! Bien sûr c'est terminé, j'ai retenu la leçon, nous irons ensemble. Tu sais tu aurais pu me faire comprendre cela en m'évitant cette horrible journée, je ne suis pas si têtue quand même.

GRIMA pencha la tête de côté en l'observant attentivement.

- Eh ! Tu exagères, bon ! D'accord, peut-être un peu butée, mais c'est aussi une qualité, on n'en serait pas là, si je ne l'étais pas. Dans la vie il faut parfois savoir se montrer tenace pour arriver à ses fins, affirma Zoé en croisant les bras.

GRIMA la regarda de nouveau avant de faire sa toilette avec application. Zoé s'esclaffa de rire.

- J'ai parfois l'impression que tu ne cesses de te moquer de moi gros malin, murmura-t-elle en le caressant derrière les oreilles comme il aimait.

Elle posa délicatement son pied au sol, et grimaça. Sa cheville était encore un peu douloureuse. Après s'être occupée de GRIMA elle se hâta de retrouver Nanny et Nicolas qui l'attendaient avec impatience.

- Alors comment te sens-tu ? Demanda Nanny inquiète.

- Bien, répondit Zoé, mais je m'en veux beaucoup de ma stupidité. GRIMA me trouve un peu trop obstinée.

Nicolas pouffa de rire.

- C'est peu de le dire, se moqua-t-il gentiment.

- Ce chat est encore plus intelligent que je ne le pensais. Il me surprendra toujours affirma Nanny en l'observant.

- Au fait ! Reprit Nicolas qu'avais-tu donc découvert pour inquiéter à ce point ce vieux fou.

- Tss ! Tss ! Monsieur BAUDUIN, je te prie Nicolas. Oui c'est vrai, qu'est-ce qui a bien pu effrayer ce vieux gredin ? Demanda Nanny en se tournant de nouveau vers elle.

Zoé eut un immense sourire en repensant à sa découverte de la veille.

- J'ai trouvé le fameux bâtiment de mon rêve, c'est en fait une église.

- Quoi ! Mais tu n'avais pas dit que cela ressemblait à une église ? S'étonna Nicolas.

- Parce que cela n'y ressemble pas. En fait, les Templiers ont construit une église fortifiée. Elle domine une colline, c'est un endroit stratégique qui leur permettait de dominer la région et ainsi de voir leurs ennemis approcher.

- Tu crois que le trésor s'y trouve ? Intervint Nicolas en fronçant les sourcils.

Zoé fronça son petit nez semblant réfléchir intensément.

- Je ne le pense pas, ils étaient bien trop malins pour cela, mais je suis persuadée que nous trouverons là-bas, notre prochain indice.

- Je ne comprends pas ce qui t'a mis sur la piste de cette église, murmura Nanny pensive.

- Le nom ! Rappelez-vous, dans son parchemin NOSTRADAMUS parlait de son jumeau. Cette église s'appelle Saint-Michel, quelle coïncidence non ?

- Bien vu Zoé ! Affirma Nicolas avec un grand sourire.

Celle-ci grimaça de nouveau.

- Par contre j'aimerais bien la visiter, mais hier j'ai constaté qu'elle était fermée. Il faudrait demander à monsieur BAUDUIN comment procéder, mais je…

- Taratata ! Ce vieux gredin, j'en fais mon affaire. Je ne veux plus que tu le contactes, dorénavant je servirai d'intermédiaire. Quand êtes-vous libres ?

Zoé et Nicolas se regardèrent.

- Après-demain nous n'avons pas cours, ce serait parfait, répondit Nicolas.

- Je m'en occupe ! Vous deux, filez maintenant, les cours vous attendent. Zoé reste prudente.

- Pourquoi ? Il y avait une deuxième mise en garde ? Demanda-elle légèrement effrayée.

Nicolas l'observa en souriant.

- Non ! Bien sûr, mais ce n'est pas une raison pour négliger la prudence. Tu nous as fait sacrément peur hier, précisa-t-il doucement.

Zoé se leva et embrassa tendrement la joue de la vieille dame.

À l'université, tous leurs amis les attendaient, Zoé dût raconter de nouveau ses découvertes de la veille. Ils avaient tous hâte de retourner sur place pour mieux étudier cette église fortifiée.

Amir reçut un message de son cousin qui avait terminé ses investigations. Il leur confirma que la Sainte TRINITÉ était bien arrivée au PORTUGAL, mais avec les cales vides. Ce qui décupla leur exaltation. Le trésor était donc bien là !

Zoé se mordilla les lèvres une fois de plus, qu'il était difficile de se concentrer sur ses cours, quand une grande aventure les attendait. Elle brûlait d'en apprendre plus et soupira un peu trop fort, attirant l'attention d'Éric sur elle. Flûte ! Pensa Zoé en grimaçant pour s'excuser, mais celui-ci lui fit un clin d'œil, il comprenait parfaitement leur impatience, d'ailleurs il tenait à les accompagner sur le site. Le téléphone de Nicolas vibra, discrètement il regarda son message.

- C'est bon ! Chuchota-t-il en souriant. C'est un message de Nanny, nous avons rendez-vous demain à huit heures, devant la maison de monsieur BAUDUIN.

- Génial ! S'écria bruyamment Éric, provoquant l'attention des autres élèves sur eux.

Il toussota et fit un geste de la main pour remettre ses élèves au travail, puis il se pencha vers Nicolas.

- Je viens avec vous ! Céline voudra un compte rendu détaillé de cette visite, elle est captivée par cette aventure et je dois avouer que moi aussi, précisa-t-il en se frottant le menton.

- Comme nous tous, murmura Mathieu en souriant. On parle quand même des Templiers, et quand je pense que Zoé et Nicolas en ont rencontrés, j'hallucine ! Je n'en reviens pas.

- C'est vrai qu'ils étaient impressionnants hein ! Zoé affirma Nicolas en la fixant.

- Oui, je reconnais, ils m'ont un peu fait flipper, confirma-t-elle.

Le lendemain matin tout le groupe se retrouva devant la maison du vieil ermite. Martine et Paul étaient également là. Nicolas se tourna vers Nanny.

- Tu crois que cela va aller Nanny ? Il va falloir marcher un long moment.

- Mais enfin pour qui me prends-tu ? En plus j'ai tellement hâte d'en apprendre plus, que je serais bien capable de vous laisser en rade derrière moi, si vous traînez trop les jeunes.

Tout le monde pouffa de rire, mais c'était vrai que l'exaltation de cette aventure leur insufflait une énergie incroyable.

Monsieur BAUDUIN ouvrit brusquement la porte, il regarda d'un air gêné Zoé, s'approchant doucement d'elle, puis lui tendit la main.

- Si nous recommencions tout. Appelez-moi Raoul, je suis un vieil ermite comme vous dites, idiot de surcroît, mais passionné au-delà du raisonnable. La vie vient de me donner une belle leçon, une des plus importantes. Au lieu de mener ma quête en solitaire, j'aurais dû me rapprocher des autres, il a fallu votre venue pour tout remettre en question. Après tout, ne dit-on pas que dans la vie il n'est jamais trop tard ?

Zoé l'écouta attentivement, et se saisit de sa main.

- Vous avez tout à fait raison Raoul. Alors maintenant, place à cette grande aventure, allons-y ! Je n'en peux plus d'attendre, affirma-t-elle avec un grand sourire.

Un brouhaha joyeux se fit entendre derrière elle, l'exaltation était au comble chez ses amis.

Ils se mirent en route, marchant d'un bon pas, le sentier était bien indiqué. Ils aperçurent l'église devant eux, dominant la colline. Zoé entendit des pas précipités à ses côtés.

- C'est ce que tu voyais dans ton rêve ? Demanda Sophie.

- Exactement, c'est impressionnant, mais je voyais l'angle de cette église. Il me semble qu'il y avait plus, autour.

- C'est vrai, confirma Raoul en s'approchant.

Les autres écoutèrent attentivement.

- Vous voyez ces ruines, ce sont les vestiges du château fortifié. L'angle de ce château comprenait une chapelle, qui est devenue par la suite l'église. En mille trois-cent quatre-vingt-huit Raymond de TURENNE de la famille des BAUX, fit le siège de ce château, il détruisit tout, à l'exception de cette chapelle.

- Pourquoi ? L'interrompit Marc, il pensait que le trésor s'y trouvait ?

- Non ! Je pense qu'il a laissé la chapelle car c'était un symbole religieux, il n'a pas voulu s'attirer les foudres des catholiques. Mais il a copieusement détruit tout le reste, il n'y a plus que quelques murs, comme vous pouvez le voir.

- Nous pourrons visiter l'intérieur ? Demanda essoufflée Nanny.

- Oui ! Un de mes amis nous y attend, il est en charge de cette église, il en détient les clés.

En arrivant devant l'église, ils découvrirent un homme assis sur un rocher qui les regardait approcher. Il les salua, puis sortit de son sac une immense clé. Entendre le bruit métallique, le grincement du bois fit battre plus fort, le cœur de Zoé. Elle observa ses amis, tous semblaient impatients, Éric commença à filmer pour Céline et cela la fit sourire.

L'homme leur expliqua les détails architecturaux typiques d'une construction templière. Ils écoutaient avec beaucoup d'attention l'histoire de ce lieu. De chaque côté de l'église il y avait une colonne surmontée d'une statue.

- C'est quoi ça ? Demanda Zoé en fronçant les sourcils.

- Ah ! Ce sont les deux seules sculptures présentes ici. Voici un visage humain non identifié à ce jour, et de l'autre côté celui de Saint-Michel.

Le groupe continua d'avancer vers l'autel écoutant le récit de cet homme, mais Zoé resta là, fixant intensément cette sculpture.

- Ohé Zoé ! Qu'est-ce que tu fais ? lui murmura Sophie revenue sur ses pas.

- Je… je réfléchissais. Attendez ! Cria-t-elle plus fort.

Zoé se saisit de son sac à dos, et en sortit les cartes.

- Ah ! Voilà celle que je cherchais.

Tout le groupe l'entourait.

- Vous vous souvenez ? Il était écrit « *Dans les yeux de mon jumeau, puise la vérité* ». On sait que son jumeau était Saint-Michel. Je pense que le voilà notre indice, précisa-t-elle en pointant son index vers la sculpture qui trônait au sommet de la colonne.

- Quoi ! Tu crois que le trésor se trouve dessous ? Intervint Marc.

- Oh là là ! On se calme, le coupa l'homme. Vous n'avez pas le droit de toucher à cette église, c'est interdit.

Zoé pouffa de rire.

- Ne vous inquiétez pas, il n'en est pas question.

- D'où détenez-vous toutes ces informations ? Demanda Raoul en plissant les yeux.

- C'est une longue histoire, mon cher, une très longue histoire, précisa d'un air mutin Nanny. Je vous la conterai en redescendant.

Lorsqu'ils ressortirent de cette église, ils restèrent un long moment à l'observer. Ils remercièrent chaleureusement leur guide et prirent le chemin du retour.

- Alors tu as appris quoi de plus Zoé ? Demanda intriguée Sophie.

- Hum ! En fait je ne sais pas trop, mais je sens que c'est important.

- Moi je ne comprends pas pourquoi, il dit puise et non trouve ou cherche, murmura Amir à leurs côtés.

Zoé s'arrêta brusquement, Mathieu faillit la percuter.

- C'est ça, bravo ! Amir tu es génial ! Ce mot est capital ! S'écria-t-elle joyeusement.

- Ah bon ! Reprit dubitatif Amir.

- Bien sûr ! Effectivement pourquoi avoir choisi ce terme précisément. Cet homme maniait les mots à la perfection, il avait donc un sens précis. Que puise-t-on ?

- Heu ! L'eau, précisa Marc en réfléchissant

- Et alors ? Intervint Raoul.

Zoé s'approcha mit ses mains sur ses bras, les yeux pétillants de malice.

- Nous cherchons un puits !

- Un puits ? Reprit-il d'un air hagard. Vous concluez ça d'après une simple phrase.

Nanny mit son bras sous le sien et l'entraîna vers sa maison.

- Ce n'est pas une simple phrase. Je vais vous raconter une histoire extraordinaire, mais il faudra la garder pour vous, bien sûr.

L'homme écouta le récit d'un air fasciné, il se retournait de temps en temps vers Zoé comme pour vérifier qu'elle était bien réelle.

- On dirait qu'il voit un fantôme, murmura Zoé à ses amis.

- Attends ! Nanny est en train de lui dire que tu parles avec NOSTRADAMUS qu'il est ton correspondant, pouffa Sophie, moi aussi j'aurais l'impression de côtoyer un fantôme ou pire des fous !

CHAPITRE XII

Ils s'installèrent tous autour de la table chez le vieil homme. Éric toujours avec son téléphone continuait d'enregistrer, pour ne pas perdre une miette des informations.

- Bon ! Que recherchons-nous exactement ? Demanda Raoul, en s'adressant à Zoé.

- Tous les puits qui existent à proximité. Je suis persuadée que la clé du mystère est là.

- J'ai des cartes précises, dit-il en s'emparant de plusieurs rouleaux, qu'il posa sur la table. Mais celle-ci, indiqua-t-il en s'emparant de l'une d'entre elles, devrait nous aider. Oh ! Mais j'y pense j'ai longtemps cru que le puits du Siou Blanc au Rove, pouvait cacher le trésor, je l'ai sondé, j'ai cherché tout autour mais je n'ai rien découvert. Vous voulez qu'on y aille ?

Le silence se fit autour de la table, tout le monde attendait la décision de Zoé.

- Où se situe précisément l'église Saint- Michel par rapport à ce puits ?

L'homme déroula la carte et entoura le puits et l'église. Zoé l'étudia avec attention.

- Si je ne me trompe pas, l'entrée de l'église est de ce côté ? Demanda-t-elle en pointant son index sur la carte.

Raoul hocha la tête pour confirmer.

- Et alors ça fait quoi, que l'ouverture soit de ce côté ? Insista stupéfaite Sophie.

- Ce n'est pas ce puits, soupira Zoé.

- Vous voyez ça juste en regardant une carte, reprit étonné Raoul.

Zoé l'observa silencieusement avant de reprendre.

- Nanny vous le confirmera tous les détails comptent, n'est-ce pas Nanny ?

Celle-ci hocha la tête en souriant.

- Au moins une leçon que tu auras retenue, murmura-t-elle.

- On apprend plus de nos erreurs Nanny, confirma Zoé, en lui faisant un clin d'œil.

- C'est bien joli tout ça, mais tu veux en venir où Zoé ? Intervint Marc.

- Rappelez-vous la configuration de l'église, la statue de Saint-Michel, se trouve donc ici, dit-elle en pointant l'endroit avec son doigt. Son regard se porte donc de ce côté. N'oubliez pas que c'est dans son regard qu'on puise la vérité. Qu'y-a-t-il de ce côté Raoul ?

- Heu ! Juste le village de Gignac, mais il n'y a pas de puits. À moins que…

L'homme s'arrêta pour réfléchir.

- Bon sang ! À moins que quoi ? Rétorqua Amir impatient.

- En fait, reprit Raoul, il existe bien un puits, mais sa forme diffère, il est rectangulaire. J'avais fait des recherches, attendez ! Dit-il en se levant précipitamment.

L'homme fouilla dans ses cahiers, et revint tout joyeux.

- Voilà je l'ai ! On l'appelle le puits de la Pousaraque.

Il montra les plans du puits.

- Vous voyez, cela ne ressemble pas à un puits. À priori d'après leurs déductions, il servait à des fins agricoles. Il aurait possédé un mécanisme particulier, une Noria.

- Une quoi ? Le coupa Mathieu.

- C'était une machine qui permettait de puiser l'eau de façon continue par une roue à augets et une vis sans fin, afin d'assurer la redistribution de l'eau dans les cultures par le biais du Rubino, précisa Raoul en les regardant.

- Le quoi ? Intervint Sophie à son tour.

- C'est du Provençal précisa Nanny il s'agit d'un mot désignant un petit canal.

- Donc retour case départ, soupira Nicolas. C'est une fausse piste.

Zoé se leva et marcha de long en large, en réfléchissant.

- Je veux le voir.

- Mais pourquoi ? Demanda stupéfait Raoul.

- Chaque détail compte ! Le menaça-t-elle de son index, vous avez dit « *à priori et déduction*». En clair cela signifie que rien n'est prouvé.

- Tu as parfaitement raison Zoé ! S'exclama joyeusement Nanny, allez en route ! Moi aussi je veux le voir.

Ils se levèrent tous, très impatients de découvrir ce fameux puits de leurs propres yeux. Raoul, leur indiqua le chemin. Effectivement ils se retrouvèrent devant une construction étrange de forme rectangulaire.

Ils commencèrent à étudier chaque détail. Mathieu accroupi devant une pierre poussa un petit cri.

- Regardez ! On dirait la croix des Templiers à moitié effacée.

- C'est vrai ! Confirma Sophie à ses côtés.

- Oh ! Je n'avais pas vu ce détail, soupira Raoul en passant son doigt dessus.

Au même moment on entendit une exclamation sur le trottoir. Amir releva la tête, une vieille dame venait de renverser son panier. Il se précipita pour aller l'aider.

- Waouh ! Un vrai gentleman notre Amir, murmura Marc en souriant.

- Oui dommage, que cela ne soit pas une épidémie, répondit Nanny pince sans rire.

- Oh ! Mais je m'améliore Nanny, je dis moins de gros mots.

- Hum ! Peut-être parce que je te reprends à chaque fois.

Marc éclata de rire en la serrant dans ses bras.

- C'est aussi pour ça que je vous aime Nanny. Eh ! Mais où va Amir ? Il part avec la vieille dame.

Tous tournèrent la tête vers lui.

- Le connaissant, il va la raccompagner chez-elle, murmura Zoé en souriant.

Ils se penchèrent de nouveau pour regarder l'intérieur du puits.

- Hum ! Vous ne trouvez pas étrange ces pierres énormes, rectangulaires. Ce sont les mêmes pierres qui servent dans la construction des châteaux, précisa Nicolas étonné.

- C'est vrai que pour un simple puits c'est plutôt surprenant, confirma Éric tout en filmant.

- Regardez ! On dirait que sur cette pierre, se trouve des dessins, une coquille peut-être ? Fit remarquer Zoé.

- Où ça ? Demanda Mathieu, en se penchant un peu plus sur la grille de sécurité.

- Là regarde ! On dirait une fourchette et puis à côté on dirait comme une figure géométrique.

- Mince alors ! C'est incroyable. Oh ! Zoé je crois que nous sommes au bon endroit, s'exclama joyeusement Mathieu.

Ils virent Amir revenir en courant vers eux, tout essoufflé.

- Il faut que vous veniez de suite. Vous n'allez pas en revenir. Amélie va vous conter une légende.

- Amélie ? Le coupa Nanny.

- Oui, la dame dont l'anse du sac s'était rompue.

- Tu es rapide Amir, tu en es déjà au prénom, pouffa de rire Marc.

- Venez, dépêchez-vous ! C'est incroyable.

Devant son insistance, ils le suivirent rapidement. Ils arrivèrent devant une très vieille bâtisse de pierre. La vieille dame les attendait avec un grand sourire, leur offrant l'hospitalité.

- Amélie, je vous présente tous mes amis, précisa Amir en souriant. Pourriez-vous leur raconter la légende de ce puits, s'il vous plait ?

- Qu'est-ce qu'il fait là, celui-là ? Interrogea-t-elle en montrant du menton Raoul d'un air peu amène.

- C'est aussi un ami, c'est grâce à lui, si nous sommes arrivés jusqu'ici.

- Hum ! Hum ! Répondit suspicieuse Amélie en ne le quittant pas des yeux.

- Vous le connaissez ? Demanda Sophie interloquée par sa réaction.

- Bien sûr ! C'est le fada qui court la colline dans tous les sens.

- Je suis chercheur de trésors, se défendit Raoul.

- Ouais ! Mais pas très doué on dirait, reprit-elle en plissant les yeux.

Amir comprenant que la situation risquait de déraper, reprit la parole.

- S'il vous plait Amélie, juste la légende.

Elle soupira puis commença son récit.

- Quand j'étais petite fille, mon grand-père me contait une légende. Ce puits aurait en fait été construit pas les Templiers, d'abord son nom d'origine est le puits de la source des Templiers, vous comprenez maintenant ? Le trésor serait lié à ce puits.

- Mais ce puits servait à des fins agricoles, cela a été prouvé, intervint Raoul.

- Non des petits génies des grandes écoles, plans à l'appui ont déduit que cela devait être son utilisation initiale. Ils n'écoutaient pas les légendes existantes. Avec leurs beaux diplômes, ils se croyaient beaucoup plus malins. Il suffisait pourtant de regarder autour de ce puits, là-bas il y a l'impasse des Templiers. On sent leur présence tout autour de nous.

- Mais pourquoi ne m'avoir rien dit, quand je faisais des recherches sur ce puits. Je posais pourtant des questions ?

- Vous ! Vous n'êtes même pas capable de dire bonjour aux gens que vous croisez, un vrai sauvage. Un parisien !

Raoul rougit fortement, ce qui fit sourire Zoé, qui les observait attentivement.

- Cela fait quand même cinquante ans que je vis ici, répliqua-t-il vexé.

- Parisien un jour, parisien toujours ! Lui répondit fermement Amélie. Vous êtes arrivé en conquérant, en croyant savoir mieux que les gens d'ici l'histoire de notre village. Certains ont voulu vous expliquer mais vous les avez pris de haut. *Monsieur* en savait plus que nous, et puis cette façon d'ignorer les gens d'ici, ne vous a pas rendu très populaire. Alors, on vous a laissé arpenter la colline comme un fada.

Raoul resta bouche-bée comprenant que son attitude avait causé sa perte. Il regarda Zoé qui l'observait.

- Encore une fois vous aviez raison, tout est ma faute. Je suis passé à côté de tant de choses. Mais grâce à vous, c'est peut-être plus qu'un trésor que j'aurais trouvé.

Il se tourna vers Amélie.

- Je vous dois des excuses, c'est vrai que je n'ai pas été un voisin exemplaire, loin de là. Je m'appuyais sur des faits historiques, sans prendre le temps d'écouter ces légendes orales, qui transmettent pourtant des détails oubliés au fil du temps. Pardon Amélie, je suis un parfait imbécile. On vient déjà de me le faire comprendre. Un vieil idiot, parisien de surcroît, dit-il en souriant.

- Eh bien ! Si on m'avait dit qu'en allant chercher mon pain, on en arriverait-là, je ne l'aurais pas cru. Remarquez, vous savez ce qu'on dit, dans la vie il n'est jamais trop tard, dit-elle en lui mettant une claque amicale dans le dos.

Ils se levèrent en remerciant chaleureusement Amélie, ils avaient hâte de revoir une dernière fois ce puits. Pendant qu'ils l'étudiaient attentivement Nicolas fit des recherches sur son téléphone.

- Oh ! Devinez ce que je viens de découvrir ? Dit-il tout sourire.

- Bon sang ! Raconte, le coupa Mathieu avec impatience.

- Ce puits a plusieurs particularités. Premièrement, il ne s'assèche jamais depuis sa construction datant du XIIIème siècle, donc la date correspond bien. Les Templiers venaient avec des tonneaux depuis l'église Saint-Michel pour les remplir. Autre particularité ce puits est une possession de trois villages, le Rove, Gignac et Ensues, une loi datant de cette époque précise qu'on n'a pas le droit de le détourner, ou de le supprimer. C'est étrange n'est-ce pas ?

Zoé releva les yeux vers l'église Saint-Michel qu'on apercevait au loin.

- À quoi penses-tu Zoé ? Intervint Nanny.

- Mon rêve ! Je voyais les hommes descendre un chemin, mais les tonneaux étaient lourds dans la descente. Je crois, dit-elle en regardant ses amis avec un grand sourire, qu'ils apportaient des tonneaux pleins à ce puits, sûrement chargés de trésors. Ils ne faisaient pas que prendre de l'eau.

Elle se pencha vers le fond du puits.

- Regardez ! On aperçoit deux petits trous, un sur cette paroi et l'autre sur la face juste à côté. Nous devons aller vérifier de plus prés.

- Oh là là ! Vous ne pouvez pas faire cela en plein jour, s'écria Nanny d'une voix angoissée. Cela peut être dangereux, ce n'est pas pour rien qu'ils ont mis une grille.

- Nous la couperons ! Confirma Amir bien déterminé. Il va nous falloir aussi des tenues de plongée, l'eau doit être glacée et nous ne connaissons pas la profondeur. Qui voudra descendre ?

Zoé, Sophie, Nicolas, Mathieu et Marc levèrent la main avec enthousiasme.

- Parfait ! Je me charge de trouver tout ce dont nous aurons besoin, nous reviendrons la nuit. Nanny, Raoul et Éric, nous vous raconterons tout.

- Mais pas question ! Il faudra bien que quelqu'un surveille de l'extérieur, nous reviendrons nous aussi, dit-elle en cherchant d'un regard l'approbation des autres.

- Pour sûr ! Confirma Raoul être si près et ne pas vivre cette aventure pas question ! Comme vient de le dire Nanny, nous serons là ! Dit-il en souriant.

- Bon ! Alors éloignons-nous de ce puits, les gens commencent à nous regarder avec insistance, murmura Sophie en observant autour d'elle.

Savoir qu'ils étaient si proches de ce trésor, décupla leur enthousiasme. Ils passèrent la journée à régler le moindre détail de leur expédition.

CHAPITRE XIII

Amir arriva avec une camionnette chargée de matériel, Nicolas suivait avec un minibus.

- Waouh ! Alors ça c'est de l'organisation, constata Mathieu avec admiration.

Ils retournèrent dans le salon pour faire un dernier point, vérifier qu'ils n'avaient rien oublié. Ils décidèrent d'attendre qu'il fasse nuit pour se rendre sur place. Éric venait de leur annoncer qu'il ne viendrait pas Céline étant fatiguée, Mathieu le rassura en lui promettant de tout filmer, Amir avait même pensé à prendre des caméras fixées sur les casques. Chaque détail avait été minutieusement préparé.

Vers dix heures du soir, ils se rendirent sur place, accompagnés de GRIMA, de Martine, Paul et de Raoul, garant les véhicules un peu plus loin, pour ne pas se faire remarquer. Couper la grille leur demanda un peu de temps, cette opération bruyante les stressa beaucoup, ils surveillèrent les alentours, espérant n'attirer l'attention de personne.

- Voilà ! C'est bon, s'écria joyeusement Marc.

Ils restèrent un moment à observer le fond du puits, cela n'était pas très profond, mais l'eau noire ne donnait pas très envie.

- Bon ! Qui passe en premier ? Demanda Nicolas.

- Toi ! Répliqua Zoé et je te suis. Nous vous ferons signe de descendre nous rejoindre. Ce n'est pas la peine d'y aller tous en même temps.

Nicolas jeta une échelle de corde et commença à descendre silencieusement, Zoé le cœur battant le rejoignit.

- Attention Zoé le sol est très glissant.

Zoé tremblait de froid ou de peur, elle n'arrivait plus vraiment à faire la distinction. Amir avait veillé à la qualité du matériel, mais ne pas savoir dans quoi ils s'engageaient était très angoissant.

Nicolas sauta plusieurs fois sur le sol.

- Eh ! Tu fais quoi là ? S'écria Zoé.

- Je vérifiais quelque chose. Je voulais voir si le sol bougeait, regarde on dirait une immense dalle. Tu sais, le fait que ce puits ne s'assèche jamais c'est troublant, il doit y avoir un système, un piège, nous devons redoubler de prudence. J'ai lu que les Templiers étaient très forts pour ce genre de choses, ils adoraient faire des tunnels.

Zoé dirigea sa lampe sur les parois, elle aperçut les deux trous repérés le matin même. Malheureusement elle n'arrivait pas à distinguer le fond, et pesta entre ses lèvres.

- Qu'est-ce que tu fais ? Murmura Nicolas par-dessus son épaule.

- Je voulais vérifier, s'il y avait quelque chose au fond, mais il faudrait mettre la main, et franchement je n'en ai pas trop envie, grimaça-t-elle.

- Chochotte ! Laisse-moi faire, précisa, moqueur Nicolas.

- Fais attention Nicolas, murmura Sophie qui surveillait de près leurs actions, penchée sur le puits.

Il mit sa main dans la cavité, Zoé ne le quittait pas des yeux, guettant sur son visage la moindre expression. Elle le vit ouvrir grand les yeux.

- Oh ! Je sens quelque chose, une marque, comme un trou, mais bien précis. Flûte ! J'ai l'impression que c'est bouché par des algues. Attends ! Dit-il en prenant son couteau fixé sur sa cuisse.

Zoé bloqua son souffle, le regardant gratter le fond de ce trou. Au-dessus de leurs têtes régnait un silence absolu, tout le monde retenait sa respiration.

- Voilà c'est bon ! On dirait que cela a été créé par la main de l'homme.

- Et là ? demanda Zoé en montrant le deuxième trou.

Nicolas recommença la même opération.

- C'est la même chose, mais la forme est différente, précisa-t-il en la regardant.

- Bon ! Essaye de pousser, ou de tirer, pour voir si cela bouge.

- Non rien à faire. Tu crois que nous nous sommes trompés, murmura-t-il dépité.

- Non ! J'en suis certaine, c'est bien-là !

Elle releva la tête vers ses amis, cherchant l'inspiration, elle aperçut GRIMA qui se tenait sur le bord du puits, la fixant intensément.

Les détails ! Pensa-t-elle. Qu'avait-elle donc oublié ? Elle releva subitement la tête vers Nanny.

- La clé ! Vous l'avez Nanny. Je suis sûre que c'est ça.

- Oh oui ! Bien sûr, attends une minute ! Elle se trouve dans mon sac avec tous les indices.

Nanny revint rapidement et lui lança la clé. Zoé poussa un gros soupir en regardant Nicolas.

Celui-ci essaya de l'introduire, dans les trous.

- Cela correspond, j'arrive à l'introduire dans cette serrure, mais rien ne se passe Zoé, dit-il en la fixant de nouveau.

Zoé se mordilla les lèvres en réfléchissant intensément, elle releva la tête et fixa de nouveau GRIMA qui ne la quittait pas des yeux. Elle passait sûrement à côté de quelque chose d'important. Tout à coup, un grand sourire étira son visage. Elle prit des mains de Nicolas la clé.

- Si je ne me trompe pas, voici la raison pour laquelle la clé était en deux parties, dit-elle en séparant les morceaux, qu'elle tendit ensuite à Nicolas.

Celui-ci essaya de les introduire dans les trous, il dut s'y reprendre à plusieurs reprises. Au–dessus de leurs têtes les autres soufflaient en s'impatientant.

- Eh ! J'aimerais vous y voir, moi ! C'est tout visqueux ce truc, bougonna Nicolas. Attendez, ah ! Ça y est la première clé est rentrée, à l'autre maintenant. Il reproduisit la même opération dans le deuxième orifice.

- Super ! S'écria-t-il, les deux clés sont en place.

Zoé regardait autour d'eux, mais rien ne se produisit.

- Pourquoi cela ne fonctionne-t-il pas ? Lui demanda Nicolas en l'observant.

Elle mit ses mains sur son visage pour réfléchir intensément. Un miaulement au-dessus de sa tête attira de nouveau son attention. Que voulait-il donc lui faire comprendre ? Quel brave chat, il était toujours à ses côtés dans les moments les plus difficiles, comme ses amis d'ailleurs, ensemble comme toujours, c'était là leur force. Une idée fusa dans son esprit, elle resta la bouche grande ouverte.

- J'ai compris, ensemble ! Murmura-t-elle joyeusement.

- Comment ça ensemble ? Rétorqua intrigué Nicolas.

- Regarde ces deux trous sont faits pour être actionnés par un seul homme, il se met dans l'angle muni d'une clé dans chaque main, vas-y essaye, fais-le en même temps.

- Mais ça ne changera rien Zoé, répliqua en bougonnant Nicolas.

- Fais-le ! Insista-t-elle.

Nicolas se positionna dans l'angle du puits et simultanément introduisit les deux clés.

- Voilà tu es contente, et tu vois cela ne change rien, dit-il moqueur en la regardant. Il retira les clés qu'il garda dans sa main en soupirant.

Tout à coup, un bruit sourd se fit entendre, le sol sous leurs pieds sembla se dérober, l'eau créa un courant puissant qui faillit faire tomber Zoé, elle se raccrocha à Nicolas. L'eau s'écoula sous trois parois du puits. Des cris se firent entendre au-dessus de leurs têtes.

Zoé ferma les yeux, le cœur battant, qu'allait-il donc se passer ? Puis brusquement le sol se stabilisa, ils venaient de descendre de près de deux mètres.

- Oh ! Bon sang ! J'ai eu la peur de ma vie, s'exclama Nicolas, en la serrant dans ses bras. Je crois qu'on vient de tester, l'ancêtre de l'ascenseur. Puis il dirigea le faisceau lumineux de sa lampe autour de lui.

- Regarde ! S'écria joyeusement Zoé il y a deux tunnels, celui-ci doit permettre l'écoulement de l'eau, c'est en pente, certainement pour amener l'eau et maintenir un niveau constant, les parois sont visqueuses. On dirait un piège élaboré, en fait. Mais celui-ci remonte, regarde, cela doit-être notre tunnel, il est sec. On a réussi Nicolas ! Mais attends comment remonterons-nous ? Dit-elle anxieusement, en regardant autour d'elle.

Elle remarqua, deux orifices identiques à ceux qu'ils venaient d'utiliser.

- Nicolas vérifie s'il te plait si ce sont aussi des serrures, et rassure-moi, tu as bien conservé les clés ?

Nicolas sourit en les lui montrant. Zoé soupira de soulagement. Il introduisit sa main, et se tourna vers Zoé avec un grand sourire.

- Oui je sens la même chose. Tu crois que c'est un mécanisme permettant de…

- Faire remonter notre ascenseur du moyen-âge, le coupa-t-elle en souriant. Bon ! Maintenant il ne nous reste plus qu'à explorer ce tunnel.

- Yeees ! Allez descendez, dit-il tout heureux en faisant signe à ses amis.

Un brouhaha joyeux se fit entendre. L'excitation se ressentait dans leurs sourires, leurs yeux pétillants, malgré le froid intense.

- Bon ! Qui passe en premier ? Demanda Sophie qui venait de les rejoindre.

- Zoé à toi l'honneur, répondit Mathieu en faisant une révérence respectueuse.

- Oui, mais sois prudente, reprit Amir. N'oublions pas que les Templiers étaient avant tout, des guerriers, il doit y avoir des pièges.

Zoé déglutit avec peine, à chaque pas, elle regardait attentivement autour d'elle.

- Oh là là ! Cela me rappelle Indiana Jones, j'ai l'impression que des flèches vont fuser devant moi.

Les autres pouffèrent de rire.

- Fais aussi attention au sol, répliqua sérieusement Sophie, tu as vu le fond du puits. Éclaire bien avec ta lampe avant d'avancer.

Zoé hocha la tête et se mordilla les lèvres. Ils avaient du mal à respirer. Leurs lampes créaient un jeu d'ombre et de lumière, elle se sentait angoissée dans ce tunnel. Amir tendit la main vers le plafond.

- J'espère qu'il ne va pas s'écrouler sur nos têtes.

- Ne t'inquiète pas, il a résisté jusqu'à aujourd'hui, murmura Marc dans son dos.

Zoé continua d'avancer prudemment, elle fit un faux pas et se rattrapa en s'appuyant sur le mur. Elle sentit quelque chose courir sur le dos de sa main, et poussa un cri strident.

- Eh ! Zoé tout va bien ? S'écria Sophie inquiète.

- Oui, oui, je… je crois, c'était juste une araignée, une énorme.

- Eh ! Les filles on se calme, nous allons réveiller tout le village, murmura Mathieu en venant se mettre juste derrière Zoé. Ne t'inquiète pas, il ne t'arrivera rien Zoé, je veille sur toi.

Zoé un peu rassérénée, reprit sa marche. Par moment ils montaient puis redescendaient, ce tunnel semblait interminable. Tout à coup, ils arrivèrent dans une immense salle. Un silence étourdissant régna, ils étaient sous le choc, des tonneaux étaient empilés, contre les parois. Sophie souleva avec l'aide de Nicolas un couvercle et poussa un cri, de l'or brillait sous le faisceau de sa lampe.

- Je n'en crois pas mes yeux ! S'écria-t-elle joyeusement, nous avons trouvé le trésor des Templiers.

Ils se précipitèrent vers les fûts n'en revenant pas de leur découverte. Zoé pivota sur elle-même, on trouvait de tout, des plats en or et en argent, des statues, des lances. Elle prit entre ses mains un drôle d'objet, c'était un long manche entièrement ouvragé avec au bout comme un anneau muni de quatre petites griffes.

- C'est quoi ce truc ? Demanda-t-elle à Sophie, qui se tenait à ses côtés.

- Je ne sais pas, c'est bizarre, Raoul nous le dira. Regarde Zoé la jolie bague que je viens de trouver. En plus elle est exactement à ma taille, dit-elle en tendant sa main.

- Waouh ! Un peu ostentatoire, on ne voit que la bague, répondit-elle en pouffant de rire.

- Tu trouves ? Moi j'adore cette pierre bleue je me demande ce que c'est ? Pas un saphir en tout cas c'est trop clair. Nanny le saura peut-être ? Et toi tu as trouvé quelque chose que tu aimes ?

- Non ! Je ne fais qu'observer, on ne sait plus où porter notre regard, tout est si beau. Mais n'oublie pas Sophie, dit-elle en mettant son index sous le nez de son amie. Ce trésor n'est pas à nous.

- Oh ! Quelle galère ! Après tous nos efforts, c'est injuste. Ils ne verraient même pas si on prenait un truc, il y en a tellement, dit-elle en montrant les tonneaux qui les entouraient. D'ailleurs je me demande comment on va pouvoir retrouver l'émeraude d'Amir, il faudrait vider chaque baril.

Comme Zoé ne répondait pas, Sophie se tourna de nouveau vers son amie.

- Qu'est-ce que tu regardes ?

Zoé pointa son doigt sur une immense caisse de bois, entourée de coffres.

- Je me demande ce que c'est ? Regarde ! Pourquoi sont-ils séparés des autres ?

Mathieu, Nicolas, Marc et Amir, se rapprochèrent, eux aussi intrigués par ces caisses.

- On va voir ça de suite, répliqua Mathieu en s'emparant d'une épée trainant sur le sol. Cette mystérieuse caisse ne va pas me résister bien longtemps.

Au même moment, un bruit se fit entendre en provenance du tunnel, ils se retournèrent brusquement le cœur battant.

- Oh ! C'est quoi ? J'espère que ce n'est pas un piège, et qu'on va se retrouver enfermés pour toujours dans cette grotte, murmura angoissée Sophie en se blottissant contre Nicolas.

Mais ce fut GRIMA qui apparut, faisant rire Zoé et ses amis.

- Oh ! La peur. GRIMA ne recommence jamais ça ! Lui intima Zoé en le prenant dans ses bras.

On entendit alors la voix de Nanny, de Martine, Raoul et Paul qui s'extasièrent de joie en pénétrant dans la grotte.

- Mais que faites-vous là ? Interrogea Amir stupéfait.

- Oh ! Vous ne reveniez pas, et nous n'en pouvions plus d'attendre, après tout, qui viendrait tourner autour d'un puits à deux heures du matin, autant descendre avec vous. Nous aussi nous avions hâte de découvrir ce fameux trésor, répliqua avec enthousiasme Nanny.

- Mais grand-mère tu as fait comment avec l'échelle ? Murmura étonné Nicolas.

Mutine elle lui fit un clin d'œil.

- Paul est descendu en premier, si je tombais il me rattrapait, et j'ai fait comme tout le monde, un pied après l'autre et voilà ! Je n'ai pas un âge canonique tu sais. En plus cette quête c'est un peu comme une cure de jouvence, je retrouve mon âme d'enfant. Partir à la recherche d'un trésor cela me… Comment dites-vous les jeunes ah oui ! Cela me booste !

- Et toi maman ? S'exclama Mathieu en regardant sa mère d'un air ahuri.

- Eh bien quoi ! Tu ne croyais tout de même pas que j'allais rester dehors pendant que vous découvriez ce trésor fabuleux, répliqua-t-elle en mettant ses mains sur ses hanches avec un grand sourire.

Ils pouffèrent tous de rire, heureux de partager ce grand moment. Ils montrèrent leurs découvertes à leurs amis.

- Amir as-tu retrouvé ton émeraude ? Demanda Nanny en se tournant vers lui.

Celui-ci piteusement secoua la tête.

- Alors ne perds pas espoir, tu as vu tous ces tonneaux ? Si elle est là, nous la retrouverons, je te le promets, dit-elle en mettant ses mains sur ses bras pour l'encourager.

- Justement, je voulais ouvrir ces caisses elles ont l'air différentes, surtout la plus grande, murmura Mathieu en se saisissant de nouveau de son épée.

- Non ! Répliqua fermement Nanny. Justement c'est étrange, laissons-les de côté pour l'instant.

- Nanny a raison, insista Paul ne touchons pas à celles-ci, affirma-t-il en se mettant devant.

Raoul approuva en hochant la tête. Zoé observa le vieil ermite, des larmes coulaient sur ses joues, il touchait d'une main tremblante chaque objet en silence. L'ultime but de sa vie venait d'être atteint. Il dut sentir le regard de

Zoé posé sur lui, car il se retourna, la fixa un long moment, puis un sourire apparut sur son visage. Il s'approcha doucement et la serra sur son cœur.

- Merci, sans vous, sans votre générosité, votre gentillesse, je n'aurais jamais vécu ces instants. Je l'ai cherché toute ma vie, c'était une obsession, ma raison de vivre. En fait, juste le bonheur de savoir qu'il est là, devant moi me comble. Ce n'est pas la richesse que je recherchais, mais c'était la quête elle-même qui me passionnait. Grâce à vous, j'ai toutes mes réponses.

Zoé fronça les sourcils.

- Mais alors, quel sens allez-vous donnez à votre vie maintenant ?

Il prit une grande respiration, comme un homme libéré de ses démons.

- Je vais enfin pouvoir vivre ! Il est temps que je redevienne humain, que j'apprenne à côtoyer mes semblables. J'ai acquis grâce à vous de nombreuses connaissances. Je continuerai d'étudier, de chercher à comprendre l'histoire, mais sans oublier pour autant de vivre ma vie. J'ai gâché trop d'années, ne vivant que pour mes obsessions. Alors merci Zoé, merci à vous tous, car j'ai aussi gagné de nombreux amis, vous !

Le groupe qui s'était rapproché autour d'eux, applaudit en souriant. Oui une fois encore c'est ensemble qu'ils avaient trouvé le mystère de leur quête.

- Oh ! Bon sang ! Il est déjà quatre heures du matin. Nous devons partir, intima Nanny d'une voix autoritaire.

- Quoi ! Et laisser tout ça ici ! S'écria dépité Marc.

- Nous savons où le trouver, nous reviendrons plus tard, nous connaissons maintenant le système qui protège le trésor, murmura Amir en lui tapotant le dos.

- Oui mais, alors j'en prends un peu dans les poches, répliqua Marc.

- Maaarc ! Insista Nanny en lui jetant son fameux regard perçant.

- Nanny juste un petit truc alors ? Geignit Marc.

- Rien ! C'est rien ! Nous reviendrons, nous devons maintenant nous organiser et prévenir nos amis. Allez oust ! Tous dehors, et les poches vides surtout. Mathieu quitte ce collier autour de ton cou, et toi aussi Nicolas, Sophie cette bague laisse-là.

Ils poussèrent tous des soupirs à fendre l'âme, puis se dirigèrent à regret vers la sortie. Tout à coup Paul remarqua un tunnel sur sa gauche.

- C'est quoi ça ? Demanda-t-il en se tournant vers Zoé.

- Vous croyez que c'est une autre salle pleine de trésors ? Demanda Nanny.

Paul s'avança doucement, il descendit vers un étage inférieur, suivit par ses amis.

- Je n'en reviens pas ! S'exclama-t-il.

- C'est quoi tout ça ? Murmura Nicolas dans son dos.

- Nous sommes sûrement sous le puits, et voici le mécanisme, en fait c'est un système ingénieux. On dirait qu'il est actionné par l'eau, mais d'où vient-elle ? Il faut une sacrée pression.

- Sûrement d'ici, répliqua Amir qui avait la main sur une paroi. C'est glacé, l'eau doit être juste derrière. Cette paroi doit pouvoir bouger et noyer une partie de la pièce, actionnant ce système.

- Mais c'est impossible, d'avoir été aussi malin à cette époque, murmura stupéfait Mathieu.

- Il faut savoir que nous avons retrouvé en soixante-quatre après Jésus Christ, des traces du premier ascenseur. Il paraît qu'il y en avait même un dans le palais de Néron, et le Colysée de Rome disposait de douze ascenseurs, en quatre-vingts après Jésus Christ, précisa Paul qui semblait fasciné par ce mécanisme.

- Pas possible ! C'est si vieux que ça, l'invention de l'ascenseur ? L'interrompit médusé Marc.

- Oh oui ! C'est fascinant continua Paul enthousiaste, et là nous avons devant nous une réplique du fameux tonneau de Pascal.

- Le quoi ? S'exclama Nicolas.

- C'est un principe physique réalisé par Blaise Pascal au dix-septième siècle, en fait c'est l'ancêtre du vérin hydraulique.

- Mais cela ne correspond pas au niveau des dates, fit remarquer Zoé en fronçant les sourcils.

- C'est ça qui est fabuleux, insista Paul, mais vous savez ce n'est pas surprenant. Nous venons de découvrir que la chambre du roi de la pyramide de Khéops qui a été édifiée il y a plus de quatre mille cinq cents ans serait protégée par un système identique au tonneau de Pascal ce qui permettrait de faire descendre la chambre vous imaginez la puissance.

- Donc les Templiers auraient recopié le mécanisme ici ? Demanda interloqué Amir.

- Oui c'est exactement ce que nous avons sous les yeux, affirma Paul avec un grand sourire.

- Mais comment connaissez-vous tout ça ? Interrogea Zoé stupéfaite.

- Oh ! Euh ! Je suis ingénieur de formation. Pour mon travail j'ai voyagé dans le monde entier et vous connaissez ma passion pour l'histoire.

- Bon ! Et si nous partions d'ici, le fait de savoir qu'on se trouve juste sous le fond du puits n'est pas très rassurant, murmura Sophie.

Ils s'empressèrent de se diriger de nouveau vers la sortie.

- Tu es sûre Zoé que les clés vont nous permettre de remonter ? Je crois que je préfèrerais utiliser l'échelle pour sortir de ce puits, j'ai un peu peur je l'avoue, précisa anxieusement Nanny.

- Je le pense Nanny, Nicolas va l'actionner, nous allons vous aider en vous tenant. Les garçons protégez là, les autres accrochez-vous bien. Nous ne savons pas si l'eau va revenir en force, et la remontée risque d'être un peu brusque.

- Là, je commence à regretter d'avoir été trop curieuse, murmura Nanny.

- Quoi ! Et tu n'aurais pas vu de tes propres yeux toutes ces merveilles, répliqua Nicolas en la regardant tendrement.

Nanny soupira en secouant la tête.

- C'est vrai ! Mais tu vois, on dit bien que la curiosité est un vilain défaut, ce n'est pas faux

Tout le monde pouffa de rire.

- Bon ! Accrochez-vous ! Je mets les clés.

Tout le monde retint son souffle, se regardant avec angoisse, Zoé serra très fort GRIMA dans ses bras. Mathieu et Paul tenaient fermement Martine qui se pinçait les lèvres. Un bruit sourd se fit entendre, puis un tremblement sous leurs pieds se fit sentir. Lentement le sol s'éleva, puis se stabilisa. On entendit le bruit de l'eau ruisselant sous les trois parois.

- Vite dépêchez-vous de remonter ! L'eau arrive, s'écria Paul. Faites passer Nanny en premier, Martine la suivra.

En levant la tête, ils eurent la surprise de voir des hommes rassemblés autour du puits.

- Tu crois que c'est la police ? Demanda inquiète Zoé à Nicolas.

- Je ne sais pas, mais cela sent les ennuis à plein nez, si tu veux mon avis, lui murmura-t-il. Je passe le premier c'est mieux, on verra bien. Ensuite laissez grimper Nanny, Mathieu monte juste derrière elle, pour l'aider au cas où. Puis cela sera le tour de Martine.

Zoé et ses amis, levèrent la tête pour voir la réaction de ces hommes.

- Pourvu qu'ils ne lui mettent pas les menottes, s'inquiéta Sophie angoissée.

Zoé vit l'un des hommes s'approcher de Nicolas pour l'aider à franchir la sortie du puits. Ils sortirent les uns après les autres, des hommes tout en noir les assistaient à chaque fois. Nanny s'approcha du plus grand.

- Ah ! Vous voilà, dit-elle en le saluant.

Elle se tourna vers le groupe d'amis.

- Les enfants, je vous présente les chevaliers des Templiers, les propriétaires du trésor.

Marc bougon, s'approcha doucement.

- Excusez-moi, mais qu'est-ce qui nous prouve que vous êtes bien des chevaliers des Templiers ? C'est un peu trop facile, on fait tout le sale boulot et vous rappliquez juste à la fin.

- Marc enfin ! C'est quoi ces manières, s'offusqua Nanny en fronçant les sourcils.

L'homme leva la main pour la calmer.

- Non ! Ce jeune homme a tout à fait raison, tout le mérite vous revient. C'est normal d'être suspicieux.

Il montra alors sa chevalière frappée du blason des chevaliers des Templiers. Marc avait trouvé la même dans la grotte, puis il tira une chaine qu'il portait autour du cou, portant également le même blason. Les autres hommes en firent autant.

- Nous sommes tous membres de l'ordre des chevaliers des Templiers, précisa-t-il en les regardant.

Raoul s'approcha et regarda la bague et la médaille de plus près. Il hocha la tête silencieusement.

- Nous avons un accord Claire, dit-il en s'adressant avec beaucoup de respect à Nanny. Notre reconnaissance est éternelle. Grâce à vous et aux pouvoirs de cette jeune fille incroyable, nous avons retrouvé une partie de nos possessions. Maintenant, si vous le voulez bien, nous allons nous charger de tout, dit-il en faisant un signe à ses hommes.

Zoé les observa, ils installèrent des bâches autour du puits, pour se cacher des regards d'éventuels passants, deux gros camions étaient stationnés juste devant. Il y avait plus d'une dizaine de personnes qui s'affairaient activement. Nicolas leur expliqua comment actionner la descente et la remontée du sol.

Nanny remercia chaleureusement ces hommes, puis après les avoir salués, elle poussa sa petite troupe vers le parking.

Sophie soupira bruyamment.

- Quoi ! C'est tout, c'est terminé ! Je ne sais pas pour vous, mais moi je me sens super triste. Même pas un petit souvenir ? Rien du tout ? J'ai presque envie de pleurer.

Nicolas vint mettre ses bras autour de ses épaules, en l'entraînant vers leurs voitures.

- Non ! Sophie ce n'est jamais terminé avec Zoé et GRIMA, et puis ce qui comptait c'était cette folle aventure, c'est ça qui est exaltant. Tu imagines, grâce à nous, les chevaliers des Templiers ont retrouvé leur trésor.

- Ouais ! Peut-être, mais ils auraient pu se montrer un peu plus généreux, dit-elle en mettant sa main tendue devant elle. J'adorais cette bague, tu ne trouves pas qu'elle m'allait bien, geignit-t-elle.

Nicolas l'embrassa et tendrement saisit son menton entre son pouce et son index.

- Un jour prochain tu porteras ma bague et ce sera la plus belle, je te le promets Sophie, dit-il en l'embrassant.

- Eh ! Les amoureux, c'est bien joli, mais Sophie a raison, j'ai l'impression d'être terriblement triste murmura Marc. Et ce n'est pas la peine de m'embrasser pour me remonter le moral Nicolas, dit-il en mettant sa main devant lui.

Tout le monde pouffa de rire.

- Quoi ! Tu ne veux même pas un petit câlin pour te consoler, insista moqueur Nicolas.

- Même pas en rêve, répliqua hilare Marc.

Ce fut la sonnerie du téléphone de Nanny qui mit fin à leurs échanges. Elle répondit et Zoé vit tout à coup un immense sourire sur son visage.

- Oh ! Mais quelle bonne nouvelle !

Elle regarda tout le groupe, ses yeux pétillaient de plaisir.

- Céline vient d'avoir son bébé, s'écria-t-elle.

- Quoi ! Mais c'était prévu pour la Saint-Valentin, répliqua Mathieu.

Nanny mit le haut-parleur, pour que tout le monde profite du bonheur d'Éric.

- Oui c'est vrai, répliqua joyeusement Éric, mais voilà encore un mystère que même NOSTRADAMUS n'aurait pu résoudre, celui de la vie.

- Ou alors, insista gentiment Mathieu, vous nous montrer une fois de plus, que personne n'est infaillible, même un prof de maths. Une erreur de calcul, d'équation, peut-être.

Éric pouffa de rire.

- Mais vous ne nous avez pas dit l'essentiel. D'abord cela s'est-il bien passé ? Est-ce un garçon ou une fille ? Et quel est son prénom ? Demanda Nanny.

- Oui la maman et le bébé vont très bien, c'est un petit garçon.

- Mais comment s'appelle-t-il ? Le coupa Sophie avec impatience.

- Ce prénom s'imposait, c'est…. Michel comme NOSTRADAMUS, car après tout, il a changé notre vie, en la rendant tellement plus passionnante. J'espère que c'est un beau présage pour mon fils. Bon ! C'est dommage que cela ne coïncide pas avec la Saint-Valentin, mais cela restera un jour mémorable.

- Oh ! Mais cela est d'autant plus mémorable, que cela coïncide en fait avec la découverte du trésor des Templiers.

- Quoi ! Hurla Éric dans son téléphone. Vous l'avez trouvé ? Céline va halluciner. Je n'en reviens pas. J'espère que vous avez tout filmé ?

- Oui ! Oui ! Et Oui ! Confirma joyeusement Nanny.

- Quelle nuit ! S'exclama Martine en se lovant dans les bras de Paul sous le regard attendri de Mathieu. Je n'en reviens pas de cette aventure. Mais c'est vrai, que plus que le trésor, c'est le fait de rechercher tous ensemble qui est passionnant.

ÉPILOGUE

Une semaine plus tard, ils se retrouvèrent tous chez Nanny. Céline tenait tendrement dans ses bras le petit Michel, tout le monde était en admiration devant ce nouveau-né. Marc posa sa petite Miya au sol pour qu'elle puisse jouer avec les autres chats.

Ce fut l'arrivée de Raoul qui les stupéfia, l'homme avait revêtu un costume gris, il s'était fait couper les cheveux et rasé de près.

- Alors ça ! Pour un changement, c'est un changement, s'écria Marc stupéfait, en le regardant.

- Je vous l'avais dit, je veux rattraper le temps perdu. J'ai accompli grâce à vous tous ma mission, le rêve de ma vie, répondit Raoul. Nanny m'a un peu poussé dans mes changements de look, dit-il en souriant

Ce fut l'arrivée de puissants véhicules se garant devant le porche, qui attira leur attention.

- Tu attendais quelqu'un Nanny ? Demanda Nicolas en se tournant vers sa grand-mère.

- Bien sûr, ce sont nos amis, et juste à l'heure, cela ne me surprend pas.

Elle se précipita pour les accueillir elle-même.

- Pourquoi sont-ils là ? Demanda Marc intrigué.

- Je n'en sais rien, je te jure que s'ils me donnent un livre sur la vie des Templiers, je vais me mettre à pleurer, murmura tristement Sophie.

- Eh ! On s'en fiche ! Rien ne pourra nous prendre tous ces beaux souvenirs, cette quête fabuleuse, On s'en fout ! Même si c'est un livre, lui répondit gentiment Nicolas.

Nanny revint, elle était suivie de près par une dizaine d'hommes. Les deux premiers portaient la tenue de l'Ordre des Templiers.

- Je n'en reviens pas, s'écria Céline en se levant brusquement. De véritables chevaliers des Templiers. Le premier est un grand commandeur, je crois.

- Un quoi ? Murmura Mathieu à ses côtés.

- Un haut dignitaire de l'ordre. Il porte le long manteau des Templiers avec la croix rouge vif, brodée sur l'épaule gauche, et regarde il a aussi l'épée et la tenue complète. Je rêve. Éric pince-moi je suis sous le choc. Aïe ! Pas si fort.

- Et c'est qui le premier alors dans leur hiérarchie ? Demanda Mathieu.

- Le grand maître, celui qui dirige tout, répondit Céline stupéfaite.

Ils étaient tous médusés. Un long silence régna dans le salon. Le grand commandeur, se tourna alors vers Nanny.

- Nous avons eu beaucoup d'échanges avec Claire, car nous tenions particulièrement à vous remercier. Vous allez tous devenir des chevaliers à titre honorifique de notre ordre.

Il fit signe à l'autre chevalier qui déposa sur la table un immense sac. Le grand commandeur s'approcha. Il prit une médaille qu'il passa autour du cou de Nanny qui rosit de plaisir, puis il agit de même avec tous les convives. Zoé regarda sa médaille de plus près, c'était la croix des Templiers, toute fière elle passa la main dessus en souriant.

- Je crois que c'est en or, murmura Sophie à son oreille, les yeux pétillants de bonheur. Bon ! C'est quand-même beaucoup plus cool qu'un bouquin.

Nicolas pouffa de rire à ses côtés.

Ils remercièrent chaleureusement ces hommes semblant tout droit sortis de l'histoire.

- Oh ! Mais ce n'est pas tout, précisa le haut dignitaire en saisissant des enveloppes.

Il commença par Céline, puis Martine, Sophie, Zoé, Nicolas, Marc, Mathieu, même cette chère Marie eut la surprise de recevoir une enveloppe qu'elle prit timidement en rougissant.

- Ouvrez-les je vous en prie, c'est pour vous montrer toute notre gratitude.

Ils se regardèrent n'osant décacheter leurs enveloppes.

- Je m'excuse, murmura Marc, mais et Nanny, Amir, Paul et Raoul, ils font aussi partie de notre groupe.

- Ne t'en préoccupe pas Marc, tu comprendras, ouvre donc cette enveloppe, précisa Nanny en souriant tendrement.

- Oh ! Bon sang ! Il y a tellement de chiffres, je n'arrive plus à compter, murmura ébahi Mathieu. C'est beaucoup trop !

- Vous n'avez pas idée de ce que vous avez découvert, vous nous avez été d'une aide indispensable, répondit chaleureusement le grand commandeur.

Marc se laissa tomber sur une chaise.

- Impossible ! Mon banquier va croire que je suis devenu dealer. Il ne va pas vouloir l'encaisser.

Ils pouffèrent tous de rire, n'osant croire à leur chance. Puis l'homme se tourna vers Raoul.

- Pour votre passion envers notre ordre, nous avons trouvé comment vous faire plaisir. Juste à côté de votre maison se trouve une immense grange abandonnée. Dès demain des hommes, vont venir la restaurer. Cela deviendra un musée dédié aux chevaliers des Templiers.

Des cris de joie fusèrent. Rien n'aurait pu faire plus plaisir à Raoul. Celui-ci ému essuya une larme sur sa joue.

- Nous vous ferons parvenir les objets pour votre musée, croyez-moi, vous pourrez retracer toute notre histoire. Vous avez sacrifié votre existence à cette quête, nous voulions vous aider à bien démarrer votre nouvelle vie de conservateur de musée. C'est aussi la raison pour laquelle nous avions demandé à Claire ici présente, de vous aider à changer de look.

- Ce ne fut pas une mince affaire, gloussa-t-elle gentiment.

- On ne change pas un vieil ermite, en homme honorable en deux minutes, lui rétorqua-t-il en lui faisant un clin d'œil.

L'homme se tourna ensuite vers Nanny.

- Vous aviez deux requêtes particulières, voici la première, dit-il en lui tendant une boîte.

Tout le monde retint son souffle, s'agissait-il de l'émeraude d'Amir ? Nanny s'approcha de Nicolas lui chuchota à l'oreille quelques mots, et lui mit la boîte dans la main. Ils étaient tous intrigués. Que se passait-il ?

Nicolas très ému embrassa sa grand-mère sur la joue, il essuya furtivement une larme.

- Merci Nanny.

Puis il s'adressa à Sophie.

- Je t'ai fait deux promesses, vivre ensemble à la fin de nos études et t'offrir la plus belle des bagues. Grâce à Nanny je vais pouvoir réaliser ton rêve, dit-il en ouvrant la boîte.

On entendit des cris d'exclamation à la vue de la bague de la grotte.

- Oh ! Mon saphir clair, s'extasia Sophie toute joyeuse. Flûte ! Il faut vraiment attendre la fin de nos études ? C'est cruel Nicolas, dit-elle implorante.

Celui-ci pouffa de rire en la regardant tendrement.

Le grand commandeur s'approcha et regarda la bague de plus près.

- Hum ! Il s'agit plutôt d'un diamant bleu.

- Un quoi ? Ça existe ça ? S'écria stupéfaite Sophie.

- C'est très rare et très beau, il doit avoir une histoire, mais votre amie vous aidera sûrement à la découvrir, dit-il en se tournant vers Zoé.

- M…Moi ! Mais je…je n'en sais rien.

- L'homme eut un petit sourire en coin.

- Je crois que vous n'avez pas encore conscience de l'étendue de vos pouvoirs, Zoé.

Marie qui venait d'apparaître comme par magie à leurs côtés, distribua des coupes de champagne à tous les invités.

- Posez donc ce plateau et prenez une coupe avec nous Marie lui murmura Nanny en souriant, c'est un grand jour.

- Nous avons également remercié Amélie de façon anonyme, car après tout sans cette légende orale, peut-être n'aurions-nous pas trouvé ce trésor, précisa le grand commandeur.

Zoé s'approcha doucement de lui.

- Mais vous n'avez pas trouvé l'émeraude ? Nous avions promis à Amir de l'aider dans sa quête.

L'homme lui sourit.

- J'allais y venir, il claqua des doigts et l'un des hommes s'approcha, muni d'une boîte qu'il lui remit.

Il se dirigea vers Amir, tout le monde retint de nouveau son souffle. Amir semblait nerveux, il n'arrivait pas à quitter des yeux cette petite boîte que l'homme lui tendit. Il l'ouvrit et ne put retenir ses larmes.

Sur un tissu de velours rouge, brillait la plus grosse émeraude que Zoé n'avait jamais vue.

- Waouh ! Quand tu disais grosse comme une paume de main, tu disais vrai Amir, murmura Mathieu à ses côtés.

Amir baissa la tête et mit la main sur son cœur en remerciant ce chevalier.

Il montra l'émeraude à tous ses amis qui l'entouraient.

- Je vous présente *ALEAYN UBAR*, ou l'œil d'UBAR si vous préférez. Cette émeraude va nous permettre de découvrir la cité perdue, et ainsi de légitimer le règne de mon père et de notre dynastie.

- Mais comment ? À quoi va te servir cette émeraude ? L'interrogea Céline médusée.

- Peut-être notre nouvelle aventure ? Qu'en dis-tu Zoé ? Interrogea Amir l'œil pétillant de malice.

- Oh là là ! Ne me regardez pas tous comme ça. Je ne suis pas une agence de voyage avec pour thème, enquête mystérieuse. Vous le savez je ne contrôle rien. Hein ! GRIMA, dit-elle en se tournant vers lui.

Tout le monde éclata de rire en observant GRIMA qui fixait intensément Zoé d'un regard vert étincelant.

- Au fait, reprit Zoé en se tournant vers le grand commandeur, qui est le grand maître des Templiers aujourd'hui, et qu'y avait-il dans cette boîte qui se trouvait à l'écart dans la grotte ?

L'homme l'observa un long moment silencieusement.

- Il est parfois nécessaire que certains mystères perdurent. En ce qui concerne notre grand maître, sachez qu'il est bien plus proche que vous ne pouvez l'imaginer, mais nous nous retrouverons Zoé KILHOURZ. Il fit signe à ses hommes et se retira en saluant Nanny et tous ses amis.

- Qu'est-ce qu'il a voulu dire par, il est bien plus proche que vous ne le pensez ? Murmura Mathieu à son oreille.

Zoé haussa les épaules.

- Je n'en sais rien. À moins que…

Zoé observa ses amis avec attention.

- Ohé Zoé ! À moins que quoi ?

- J'ai ma petite idée, mais l'avenir nous le dira Mathieu, répondit-elle joyeusement.

Mathieu poussa un soupir d'agacement.

- Ce que tu peux être pénible parfois, j'aimerais bien comprendre moi !

Zoé l'embrassa sur la joue en pouffant de rire, puis se retourna une dernière fois vers les chevaliers qui s'en allaient.

Pourquoi en faire un mystère ? Cette personne devait avoir ses raisons. Elle haussa les épaules et se retourna vers ses amis avec un grand sourire. Ils avaient tant de choses à fêter ensemble.

FIN.

Table des matières

CHAPITRE I 7

CHAPITRE II 20

CHAPITRE III 36

CHAPITRE IV 49

CHAPITRE V 61

CHAPITRE VI 73

CHAPITRE VII 83

CHAPITRE VIII 97

CHAPITRE IX 106

CHAPITRE X 116

CHAPITRE XI 130

CHAPITRE XII 139

CHAPITRE XIII 148

ÉPILOGUE 167